Um Beijo PARA VALER

Mary Hogan

Um Beijo PARA VALER

Tradução de
RAQUEL ZAMPIL

Rio de Janeiro | 2009

CIP-Brasil. Catalogação-na-fonte
Sindicato Nacional dos Editores de Livros, RJ.

Hogan, Mary, 1957-
H656b   Um beijo para valer / Mary Hogan; tradução de Raquel Zampil. – Rio de Janeiro: Galera Record, 2009.

Tradução de: The serious kiss
ISBN 978-85-01-08093-6

1. Romance americano. I. Zampil, Raquel. II. Título.

09-0774
CDD – 813
CDU – 821.111(73)-3

Título original em inglês:
THE SERIOUS KISS

Copyright © 2005 by Mary Hogan

Todos os direitos reservados. Proibida a reprodução, no todo ou em parte, através de quaisquer meios. Os direitos morais do autor foram assegurados.

Design de capa: Celina Carvalho

Texto revisado segundo o novo Acordo Ortográfico da Língua Portuguesa.

Direitos exclusivos de publicação em língua portuguesa somente para o Brasil adquiridos pela
EDITORA RECORD LTDA.
Rua Argentina 171 – Rio de Janeiro, RJ – 20921-380 – Tel.: 2585-2000
que se reserva a propriedade literária desta tradução

Impresso no Brasil

ISBN 978-85-01-08093-6

PEDIDOS PELO REEMBOLSO POSTAL
Caixa Postal 23.052
Rio de Janeiro, RJ – 20922-970

EDITORA AFILIADA

Para Bob Hogan,
que torna possível
eu fazer o que adoro

Agradecimentos

PRIMEIRO, OBRIGADA, MÃE E PAI, POR VOCÊS não serem nada parecidos com os pais desta história! Minha mais profunda gratidão também vai para as pessoas muitíssimo talentosas que ajudaram a criar este livro: minha editora brilhante e divertida, Amanda Maciel, a agente dos sonhos de qualquer escritor, Laura Langlie, e Deborah Jacobs, do Centro de Combate ao Alcoolismo e à Dependência de Drogas Scripps McDonald. Meu amor e infinita gratidão a meus primeiros leitores, que são um incansável sistema de apoio: Bill Persky, Joanna Patton, Linda Konner, Jud e Julie Hogan, Carol Gorman e Robert Hogan.

parte um

chatsworth

1

MEU PAI BEBE DEMAIS E MINHA MÃE COME DEMAIS, O QUE RESUME bem por que eu sou como sou: uma massa tensa de ansiedade, uma onda de suor frio ambulante. Três semanas atrás, quando entrei em meu décimo quarto ano de existência, eu me dei conta da única verdade estável e sólida em meu universo: não é fácil ser eu mesma.

— O jantaaaaar! — mamãe gritou lá do corredor, como sempre grita lá do corredor toda noite na hora em que chega do trabalho. Seu perfume instantaneamente me dá dor de cabeça. O som da porta batendo e o tilintar das chaves do carro acordaram Cão Juan. *Au. Au.*

— Já vou! — gritei de volta, mas não movi nem um músculo sequer. O jantar me assusta. Na verdade, *todas* as refeições e a maioria dos petiscos me apavoram. Elas acionam um filme de terror interno: *O ataque das células de gordura assassinas*. Não que eu deteste comida. Eu *amo*. O que pode ser melhor do que um pão quentinho besuntado de manteiga derretida? Ou Doritos sabor queijo? Minha boca enche d'água só de pensar. Mas, dada a minha genética — o manequim de mamãe sempre foi superior à idade dela e papai não precisaria de *nenhum* enchimento para se fantasiar de Papai Noel —, sei que baixar a guarda, mesmo que uma única vez, é um convite para que minhas células de gordura inflem como um baiacu. Eu sou com toda a certeza uma *pré-gorda*. E comida é muito difícil de controlar e fácil demais de mandar sua vida inteira ladeira abaixo, desgovernada. Assim, quando mamãe me chamou para jantar, ignorei meu estômago roncando, levei o fone de novo ao ouvido, ajeitei as omoplatas no sulco confortável e quentinho da minha cama e continuei falando com minha melhor amiga, Nadine.

— Aí o que *ele* disse? E então o que *você* disse? Hã-hã. E o que *ele* disse?

Pela porta do quarto fechada, ouvi um dos meus irmãos brincando com seu Game Boy.

— Pega ele! Pega ele! Pega ele! — Senti o cheiro das fritas do McDonald's que mamãe trouxera para casa.

— Dirk! — gritou mamãe. — O *jantaritcho!*

Meu irmão Dirk, de 11 anos, é mais novo do que eu três anos, mas está a anos-luz da maturidade. Ele não é exatamente o que se pode chamar de grande realizador. Vive tentando ganhar tempo, dizendo "Hã?", coçando o nariz e sugando de volta a poça de baba que se acumula atrás do lábio inferior pendente. Cão Juan, nosso chihuahua, tem quase a minha idade, o que, na idade dos cachorros, significa que ele tem uns 98 anos. Juan é o que você chamaria de pilhado. Ele late tanto que seu corpo minúsculo e trêmulo chega a levitar do chão.

— Dirk! — mamãe tornou a gritar. — Levante sua *bunditcha* daí!

Por acaso, eu já falei que minha mãe acrescenta sufixos engraçadinhos às palavras? Ela acha que isso é sinal de juventude e inteligência. Eu acho que é constrangedor demais para expressar em palavras. Uma vez, faz cerca de um mês, ela chamou a "produção" de Cão Juan de *cocozitcho*. Lá fora — na frente de todo mundo.

Mamãe bateu à porta do meu quarto.

— Você ainda está pendurada nesta coisa? — Como se ela já não tivesse conferido a extensão duas vezes. — O jantar está na mesa.

— Vou desligar em um minuto! — falei. E continuei com Nadine: — Então, o que foi que ele disse?

— Rif! — mamãe berrou. — Onde foi que Rif se enfiou?

Essa era fácil. Rif, meu irmão de 16 anos, nunca está por perto. Ele esconde cigarros nos cachinhos do cabelo louro-acinzentado. Quando não há ninguém no raio de ação do cheiro, ele acende o cigarro, dá uma longa tragada, então o apaga com dois dedos molhados de cuspe e enfia o cigarro de novo no cabelo.

— Quem precisa de adesivos de nicotina? — ele pergunta. — Eu tenho o meu próprio método. — Seja lá o que isso signifique.

Uma vez, há mais ou menos um ano, Rif estava sentado na sala, assistindo à tevê, quando o lado direito da cabeça dele começou a fumegar. Mamãe foi dizendo: "Chamem os bombeiros!", enquanto o papai falava: "Não tem futebol hoje?" Não parece que meus pais algum dia tenham sido feitos um para o outro. E eu nunca, nunca mesmo, me senti parte dessa família.

— *Agora,* Elizabeth. — Mamãe bateu à minha porta uma última vez.

Soltei um gemido.

— Tenho de ir, Nadine — eu disse ao telefone. — Me manda um e-mail mais tarde?

— Está bem. Mais tarde.

Desliguei, ajeitei meus cabelos lisos e atravessei o corredor em direção à cozinha. Rif veio deslizando atrás de mim cheirando a gel de cabelo queimado.

— É *Libby*, mamãe — falei, revirando os olhos.

— Tanto faz — disse ela, revirando os olhos também. Mamãe jogou um fio solto do cabelo superdescolorido de volta ao ninho de pássaros que ela chama de penteado. Puxou para baixo a saia cor de laranja superapertada, aplicou uma nova camada de batom rosa choque sobre a anterior, desbotada, tirou o borrão do lápis nos cantos dos olhos verdes e cambaleou pela cozinha nos saltos-agulha altos demais para uma mulher da idade e do peso dela. Não estou falando de uma quantidade de gordura que faz todo mundo olhar para você na rua, mas minha mãe definitivamente não vê os pés — ou como eles parecem salsichas apertados naquelas sandálias de tiras — faz algum tempo. É difícil acreditar que eu tenha saído dessa pessoa. Meu cabelo é comprido, castanho e brilhante. Meus olhos são azuis. Eu nunca uso maquiagem, a menos que se considere protetor labial como maquiagem.

Meu irmão Rif um dia avaliou minha aparência como "C".

— Quem perguntou alguma coisa a você? — retruquei, visivelmente magoada.

— O que tem de errado com "C"? — ele protestou. — É a média.

O que doeu ainda mais. Quem quer ficar na *média*? Mamãe interveio, oferecendo apoio.

— Com um pouquinho de maquiagem, querida, tenho certeza de que conseguiria tornar você um "B".

Como eu disse, ser eu mesma não é fácil. Você não espera que sua *mãe* pense que você é um "A", mesmo que você não seja? E, por falar nisso, você não espera que seus pais dêem um bom exemplo? Não estou dizendo que minha mãe e meu pai sejam influências ruins — apenas que eles não estabeleceram padrões familiares muito altos. Não consigo me lembrar da última vez que vi minha mãe pegar um livro ou meu pai largar o controle remoto. O ideal de férias familiares para mamãe é Las Vegas, principalmente pelos bufês baratos do tipo coma tudo o que quiser. Papai sonha em ficar em casa com várias caixas de cerveja enquanto todos nós vamos para algum lugar em que o celular não funcione. Uma vez, ele chegou a me dizer: "Sabe qual é a pior coisa de ter filhos? Eles estão sempre *por perto*."

Naturalmente, levei para o lado pessoal. Rif *nunca* está por perto e Dirk ainda é pequeno o suficiente para ser ignorado. Perguntei a papai: "Aonde você espera que eu vá?", mas ele simplesmente deu de ombros e aumentou o volume da tevê.

Na maior parte do tempo, parece que meus pais são as crianças e que só nos resta criar a nós mesmos. Sim, eles nos dão comida e abrigo, mas é praticamente só isso. Mamãe e papai têm problemas demais para se preocupar com coisas bobas como notas, reuniões de pais e professores, alimentação ou me ajudar a entender a diferença entre absorventes médio e super e se eu preciso de abas.

Numa dessas noites, quando papai e eu assistíamos a um debate do tipo "genética versus ambiente" no Discovery Channel, tive uma revelação perturbadora. Minha genética é repleta de potencial para dependências, um traseiro do tamanho do Texas, egocentrismo crônico, assassinato de palavras, um guarda-roupas florescente e cabelos verdadeiramente medonhos. Quanto ao ambiente, bem, na minha família, o ambiente é basicamente uma porcaria. Ano passado, quando fiquei chateada por Nadine ter entrado para a turma de inglês avançado e eu não, mamãe fez um tabuleiro de *brownies* e me deu um cartão de melhoras. E o assinou: "*Con* amor, Mamãe", o que me deu certeza de que ela não cursou ortografia avançada.

Ficou revoltantemente claro que tanto a genética quanto o ambiente estavam conspirando contra mim. Que roubada! Eu tenho de superar a própria *Criação* se quiser ter uma vida normal.

A meu lado, no sofá, papai arrotou, como se a Criação estivesse de pleno acordo.

Eu mal podia esperar pelo fim do programa para dar início a uma acalorada discussão de como ele poderia se tornar um modelo melhor, mas, nos créditos finais, ele já estava roncando, a camiseta levantada, deixando ver um umbigo muito cabeludo. No fundo, eu sabia que, mesmo que estivesse acordado, ele roncaria durante toda a minha discussão e esta seria tão bem-sucedida quanto as centenas de vezes que mamãe pedia a ele que parasse de beber cerveja.

Naquela noite, fui forçada a encarar um desconcertante fato dos meus 14 anos de vida: estou por minha própria conta. Cabe a mim criar a vida que quero ter. Não posso deixar isso a cargo do destino mais do que posso comer duas fatias da pizza de pepperoni e esperar que meu corpo não perceba as 534 calorias e 56 gramas de carboidratos. Eu devo ser senhora do meu destino ou jamais sequer tocarei na superfície do que é ser normal. Ou nunca terei um namorado ou um emprego legal ou um passaporte com carimbos exóticos. E, principalmente, nunca experimentarei aquilo que mais quero: o verdadeiro amor.

Eu sabia exatamente o que tinha de fazer. E foi aí que o fiasco começou.

Foi originalmente uma ideia de Nadine. Talvez tenha sido minha. Somos assim, nós duas. Nossos cérebros são os hemisférios direito e esquerdo de uma só consciência. Ela tem autoconfiança; eu finjo que tenho. Mas nem sei dizer quantas vezes tivemos a mesmíssima ideia no mesmíssimo momento. Assim, de verdade, é difícil dizer quem pensou primeiro. O Beijo para Valer ganhou vida em algum ponto no ar entre nossas cabeças, bem no início da primeira série do ensino médio.

— Sabe o que eu queria? — perguntou Nadine. Estávamos deitadas em duas boias infláveis no meio do quintal de terra batida da minha casa, bronzeando as pernas. Ambas havíamos completado 14 anos no fim do verão, e estávamos avaliando nossa vida com a sabedoria que vem com a maturidade.

Era o primeiro sábado depois do começo das aulas. E eu já me sentia totalmente inadequada. Carrie Taylor havia passado um mês na Grécia com a família, num barco (ela fazia questão de dizer "iate") e estava com o bronzeado cor-de-mel mais lindo que já vi. Ouvi dizer que ela usou azeite de oliva em vez de Coppertone, mas mamãe disse: "Nada disso, *queridovska*", quando tentei surrupiar o azeite na cozinha.

A própria Nadine também estava com uma aparência impressionante. Tinha ficado mais alta, mais magra e mais loura durante o verão. Somos melhores amigas desde que ela, baixinha e gordinha, andava de bicicleta pelo bairro com um corte de cabelo desfiado que a mãe fizera com a máquina comprada no eBay. Agora, o cabelo comprido e liso de Nadine, muito mais louro do que o meu, exibe um corte profissional. Quando ela corre, os fios balançam suavemente de um lado para outro, como uma dançarina de hula-hula. Além disso, ela é ótima jogadora de futebol, uma daquelas "atletas naturais". Na escola, Nadine usa calças de ioga de cor creme e camisetas *baby-look*, e parece sempre arrumadinha, sem o menor esforço. Quando tento vestir uma roupa assim, é como se eu tivesse esquecido de tirar o pijama. Não tem como fingir ser uma atleta "natural". Eu já tentei. Nadine simplesmente ri. "Talvez você devesse ficar com o preto básico", ela diz, sorrindo, "para refletir a angústia da sua alma."

De alguma forma, Nadine conseguiu evitar a angústia negra, assim como as espinhas no queixo e os dentes salientes e outros horrores da adolescência. Ela é o tipo de garota que irradia saúde e faz você sorrir só de olhar para ela, como se soubesse que ela é legal. O que ela é mesmo.

Quanto a mim, estou sempre tentando fazer meu corpo mediano parecer acima, bem, da média.

De vez em quando, eu me pergunto se Nadine e eu seríamos melhores amigas se não fôssemos melhores amigas desde que éramos crianças morando a duas ruas de distância uma da outra. Será que nossa conexão tem mais a ver com geografia do que com química? O que sei com certeza é que não quero tirar a prova.

— Você quer que a NASA invente sorvete que deixe a gente sem peso — eu disse a Nadine, deixando o humor camuflar minha inveja.

Nadine riu.

— É, isso também. — Ambas pegamos nossas limonadas ao mesmo tempo e bebemos pelos canudos dobráveis. — Mas sabe o que eu quero *de verdade*?

Eu sabia. É claro que sabia. Suspirei.

— Eu também.

— Não seria legal?

— *Muuuito* legal.

— Como você acha que é?

Reclinando-me no travesseiro de borracha da minha boia, tentei imaginar. Estávamos falando, naturalmente, do que é grande e supremo: o Amor. Eu já havia imaginado o amor verdadeiro antes. Era cheio de cor e luz. Plumas cor-de-rosa, fitas turquesa e espirais douradas que tremeluzem ao sol. E era refrescante também: uma manta de cetim, ar-condicionado que nunca parava e que não era caro demais para deixar ligado durante todo o verão, dia e noite. O amor era macio, liso e lindo. Totalmente diferente da nossa velha casa bege e horrorosa, em Chatsworth, na Califórnia, erguendo-se no meio da cidade como um burrito fumegante na parte mais quente do suburbano San Fernando Valley. Nada parecido com esse quintal que começara com ervas espinhentas e agora era só terra seca e poeirenta.

— Por que se dar ao trabalho de plantar alguma coisa? — perguntara papai. — Vamos ser os únicos a ver.

Como se nós não fôssemos importantes, e a única coisa a considerar fosse se outras pessoas veriam.

Não, o amor não era nada assim. O amor verdadeiro era vivo e ardente, e podia ser exposto para que todos o vissem.

— Eu acho que o amor é como voltar para casa — afirmei, acrescentando: — Se você gosta de onde mora.

Nadine riu novamente. Ela sempre ria com as coisas que eu dizia, o que fazia com que eu me sentisse maravilhosa.

— Eu acho que o amor é como... como... — Nadine fez uma pausa, olhou para mim e então nós duas dissemos exatamente a mesma coisa, exatamente ao mesmo tempo. — O amor é como um beijo para valer.

— É isso! — exclamei. — Um beijo *para valer*. Não um amasso idiota debaixo da arquibancada.

— Não um beijo melado estúpido no porão de alguém.

— Não um beijo fingido porque um cara qualquer quer que você fique com ele.

— Não, não um beijo de mentiroso.

— De jeito nenhum. — Eu me estiquei na minha boia e disse: — O amor verdadeiro é como um beijo profundo, cheio de paixão, capaz de fundir almas.

— Um beijo tão intenso que faz você desmaiar depois. — Nadine se sentou.

— E aí ele acorda você com outro beijo.

— Ele ergue seu pescoço com a mão e a beija, trazendo você de volta à vida.

— Você abre os olhos — eu disse, meus olhos se fechando — e o vê olhando para você com tamanha devoção que seu coração para de bater.

— Porque ele é o seu amor — completa Nadine suavemente.

— E a sua alma gêmea.

— E tudo o mais. — Nós paramos, bebemos mais um gole de limonada, sentimos o líquido frio e acridoce descer pela garganta.

— É isso que eu quero — eu disse à minha melhor amiga.

— Eu também — replicou ela.

— Este é o meu objetivo este ano.

— O meu também.

Nós duas suspiramos.

Tanto Nadine quanto eu já havíamos sido beijadas. Quer dizer, não éramos bocas virgens nem nada. Mas nenhum dos nossos beijos tinha feito a terra tremer... nem mesmo o mais leve tremor. Bert Trout, conhecido como "o Garoto Peixe", beijou Nadine num jogo de futebol da escola. Ele simplesmente se inclinou para a frente e plantou um beijo nela.

"Foi como beijar uma almofada para alfinetes", ela contou. "O bigode dele — se é que se pode chamar aquilo de bigode — espetava e incomodava." Não ajudou nem um pouco o fato de ele ter errado completamente sua boca. O Garoto Peixe beijou o lábio superior e a base do nariz de Nadine, e, na verdade, ela mal pôde esperar que aquilo acabasse.

Meu vizinho Greg Minsky me beijou uma vez, mas foi molhado demais e me deixou com um pouco de nojo. Ele tentou um pouco de atividade com a língua, mas de jeito nenhum eu ia engolir o cuspe de Greg Minsky; assim, eu basicamente empurrei a língua dele de volta ao local ao qual ela pertencia. Depois disso, passei a manter o queixo abaixado e não lhe dei outra oportunidade. Embora ele ainda pareça querer tentar: Greg patina para cima e para baixo em nossa rua sempre que estou na frente da minha casa e sempre encontra algum motivo para parar e conversar. Tudo bem. Eu gosto dele, só que não *desse* jeito. Ele é magricela demais e o traseiro dele é uma câmara de ar murcha. Ao contrário de mim, ele come o tempo todo. Mas uma vez ele fez a besteira de me dizer que a comida atravessava seu sistema digestivo várias vezes por dia. Eca!

— É, eu quero um beijo *para valer* — eu disse a Nadine. — E longo. Um beijo que signifique amor verdadeiro. Esta é a minha ambição este ano.

— A minha também.

Sentando-me, ergui a mão esquerda e pus a direita sobre o coração. Nadine fez o mesmo.

— Por ocasião de nosso aniversário de 15 anos — anunciei —, nós, Libby Madrigal e Nadine Tilson, já teremos experimentado pelo menos um beijo totalmente verdadeiro, sincero, significativo, profundo, poético, inspirador, repleto de amor, digno de anotação no diário, capaz de dobrar os joelhos, causar insônia, tirar o apetite, mexer com a cabeça, mudar a vida da gente, inesquecível e inegavelmente para valer.

— Um só? — riu Nadine.

— Se posto em prática apropriadamente, um é tudo de que precisamos.

— Fechado?

— Fechado.

Apertamos as mãos, alvoroçadas. O plano estava traçado. Tudo de que precisávamos eram dois garotos surpreendentes, sensíveis, sérios e beijáveis. Isso e a coragem de levar o plano a cabo.

O que me fez pensar — dada a angústia da minha alma e as óbvias deficiências no departamento genética/ambiente — que isso seria fácil?

2

MEU ARMÁRIO NÃO ABRIA. ERA UM DAQUELES DIAS. FERNANDO High é uma daquelas escolas. Nada funciona, nem mesmo os alunos. Nadine me viu batendo à velha porta de metal com a base da mão.

— Chutar funciona melhor com o meu — disse ela. Antes que eu pudesse detê-la, ela se preparou e acertou um chute *à la* Jackie Chan com o pé direito na boca do estômago do meu armário.

— Na*dine*. — Eu bati o pé. — Vamos arrumar problemas.

— É, como se fosse culpa nossa que os armários deles não funcionem. — Nadine o chutou de novo. O golpe no metal ecoou como um tiro.

— Deixem comigo. — Um garoto chamado Curtis apareceu do nada e praticamente enfiou o pé inteiro na porta do meu armário. *Bum!* O barulho atraiu uma multidão instantaneamente e uma fila de alunos ávidos por uma sessão de *kickboxing. Bum!* Curtis chutou novamente. Eu meio que conhecia Curtis da oitava série. Ele criara certa fama ao se recusar a fazer parte do time de basquete, mesmo tendo mais de 1,80m. Os atletas da escola o tratavam como um traidor. Eu o ouvi dizer que os esportes tomavam o tempo que ele tinha para a banda. Acho que tocava violão, pois as unhas da mão direita dele eram muito longas.

Desaparecendo na confusão de alunos, eu observava, impotente, os amassados aparecerem no meu armário, rezando para que a menina que dividia o armário comigo *não* aparecesse. Nadine dava risadinhas afetadas porque todos estavam de boca aberta, e Curtis, todo machão pelo mesmo motivo, lançou o imenso pé de jogador de basquete contra a porta de metal uma terceira vez. Pedacinhos de tinta caíram no chão de cimento como caspas. Ainda assim, o armário não abriu.

— Sabem, eu não preciso do caderno tanto assim — eu disse, a voz pequena e fraca como um dedinho de pé de bebê.

Mas Nadine e Curtis tinham ido longe demais para parar. Atiçados pela multidão ("Arrebenta com o extintor de incêndio!"), estavam ambos prestes a arremessar o corpo todo contra o armário quando uma voz de barítono ribombou:

— Já chega.

Instantaneamente, as pessoas se dispersaram. Eu fiquei paralisada, compondo freneticamente uma explicação plausível para meus pais do porquê de ter sido expulsa no primeiro mês do ensino médio.

Nadine e Curtis tentaram fugir com os outros, mas o diretor, o Sr. Horner, que todos chamavam de "Sr. Corno", segurou o ombro de ambos com as mãos e disse:

— Venham comigo.

A mim, ele perguntou:

— Onde é sua turma?

Eu quase confessei que não tinha turma alguma, que era uma idiota que permitia que a amiga vandalizasse a propriedade da escola, que me sentia com frequência tão... tão... *compactada* ou coisa parecida que poderia explodir ou, outras vezes, ouvia meu coração ecoar no peito por ser tão vazia por dentro. Eu quase admiti que vivia com um constante terror vibrando pelo meu corpo, que faz parecer que a qualquer momento, quando eu menos esperar — *agora*, por exemplo —, alguma coisa terrível vai cair no meu colo e arruinar minha vida já tão precária. Eu vou acordar gorda, ou meus pais vão se divorciar, ou meu cabelo vai cair, ou eu finalmente vou beijar um garoto que vai fazer com que eu me derreta toda quando ele me beijar e ele vai esperar até a festa de formatura para anunciar à escola toda que foi uma grande piada. Ou que minha melhor amiga será levada para o gabinete do diretor por causa do meu armário estúpido. Eu quase falei em voz alta como é terrível me sentir tão insegura, tão fora de controle — como se corresse no gelo ou tivesse um ovo estragado fermentando na minha barriga —, sem um ponto de apoio sólido, numa tensão constante. Eu quase caí de joelhos e pedi clemência ao Sr. Corno quando ele repetiu:

— Onde é sua sala de aula, jovem?

— Ah. Prédio C — gaguejei.

— Vá logo para lá, então, antes que o segundo sinal toque.

— Mas era o *meu* armário — eu disse. — Estava emperrado.

— Você o chutou?

— Eu bati nele com a mão — afirmei. Nadine e Curtis olharam para mim. — Com o punho. Bati nele com o punho. Com força.

— Vá para a sua aula. — O Sr. Corno virou-se e afastou-se com Nadine e Curtis. Dava para ver que Nadine estava furiosa porque as narinas dela se imobilizaram na posição aberta. Curtis parecia não se importar com o ocorrido. A caminho do gabinete do diretor, ele cumprimentou um retardatário que, como eu, não iria chegar à sala antes do segundo sinal.

— Vejo você no almoço, Nadine? — gritei, mas ou ela não me ouviu ou não quis ouvir.

Já era difícil tentar acompanhar os hieróglifos da geometria no quadro-negro, mas, sem o livro, era praticamente impossível. Afinal, estávamos estudando quadriláteros no primeiro mês? Como *assim?*

— Acompanhe com Ostensia — disse o Sr. Puente depois de descobrir que meu livro ainda estava preso no armário emperrado.

— Hã... — Antes que eu pudesse protestar, Ostensia já estava praticamente sentada em cima de mim, a carteira grudada na minha, o hálito de alho na minha cara. Eu gostava dela e a conhecia desde a sexta série, mas, cara, aquelas gororobas que ela trazia de casa e desembrulhava na escola o dia inteiro tinham um cheiro capaz de espantar vampiros.

— Está aqui — ela apontou —, página 12. No meio, à direi...

— Já vi — sussurrei, e voltei a prender a respiração.

Verdade seja dita: dividir um quadrilátero em triângulos não me interessava a mínima. E determinar as diagonais de um romboide me entusiasmava menos ainda, principalmente quando a minha melhor amiga estava numa encrenca por minha causa, meu armário parecia um carro batido e a única razão de eu ter optado por geometria no primeiro ano era o namorado de Carrie Taylor, Zack Nash, fazer essa aula com o Sr. Puente, e ele ser o garoto que eu havia decidido beijar. Bem, não exatamente *decidido*, a menos que você considere um coração disparado uma decisão.

Zack Nash é o garoto que eu amo. Pronto, eu disse. Uau! Foi dito. Ninguém sabe. Nem Nadine nem minha mãe nem mesmo o diário que comecei no verão e que não passou do primeiro mês. Eu amo Zack Nash desde que o vi pela primeira vez atravessando o gramado da Mission Junior High ano passado, segurando o mindinho de Carrie Taylor. Tenho quase certeza de que Zack Nash nem sabe meu nome, mas, ainda assim, sonho com a mão dele se estendendo para segurar meu mindinho e seus lábios me chamando com um beijo de veludo.

— Quer um? — Ostensia abriu um prato de *nachos* congelados, coberto por papel-alumínio, debaixo da mesa. O cheiro subiu como uma nuvem-cogumelo podre. Sacudi a cabeça e olhei para o outro lado. Meu estômago me avisou que eu não podia olhar para aquilo outra vez. — Depois, então — sussurrou Ostensia. — Eu tenho um monte.

Com o canto dos olhos, vi Zack Nash agitar a mão de um lado para o outro na frente do rosto franzido. Ele se virou e olhou para mim, os olhos cor de chocolate fitando os meus, azuis e cheios de amor. Senti uma onda de eletricidade percorrer meus braços. Sorri e tentei parecer feminina. Então, ele torceu os lábios e disse alto o bastante para que toda a turma ouvisse:

— Quem cortou o queijo?

Naturalmente, todos explodiram numa gargalhada.

— Acalmem-se — disse o Sr. Puente, mas até mesmo ele sorriu. Ostensia tinha um ar totalmente inocente e eu estava roxa. Minha desgraça: parecer culpada mesmo quando não sou.

— Vamos continuar — disse o Sr. Puente.

Prendi a respiração, na esperança de que o sangue se esvaísse do meu rosto com maior rapidez.

— Libby, você gostaria de vir até o quadro desenhar um paralelogramo?

— Sr. Puente, o senhor gostaria de ir tomar...

Era isso que eu queria dizer. Mas é claro que não disse. No fundo, eu até entendia que aquela era a maneira de o Sr. Puente me salvar de me sentir humilhada na frente de Zack Nash, de Deus e de todo mundo. Mas, puxa vida! Como é que ficar de pé na frente da turma toda iria me salvar de algum constrangimento? Será que o Sr. Puente não havia aprendido nada sobre humilhação adolescente em todos aqueles anos nos humilhando? Isso sem falar no fato de que a geometria havia mexido mesmo com a minha cabeça. Eu havia sido uma aluna bastante boa até então. Levava sempre cerca de 15 minutos para descobrir o que os professores esperavam de mim e então mais 15 para fazer o que esperavam. Eu era ótima nisso — ser o que queriam que eu fosse. Mas a geometria foi a minha ruína. Quando eu não estava olhando para a pele lisa e leitosa do pescoço de Zack Nash, estava olhando para o quadro, de boca aberta, sem entender xongas. Geometria, para mim, era como eu imaginava que os analfabetos viam o mundo: formas e linhas que não faziam o menor sentido.

— Libby?

Eu me forcei a respirar outra vez.

— Não, obrigada, Sr. Puente — gaguejei. Ei, eu tentei.

— Venha até aqui e vamos trabalhar juntos. — O Sr. Puente apontava um grosso pedaço de giz na minha direção.

Ostensia soltou o ar e disse:

— Você vai conseguir.

Recusar era inútil. O Sr. Puente podia ficar ali de pé durante horas segurando aquele pedaço de giz. Eu já tinha visto aquilo acontecer antes. Ele não desistia. Assim, eu me levantei. Minha cadeira arranhou o assoalho. A turma ficou em completo silêncio. Prendendo o cabelo atrás da orelha, olhei furtivamente para ele. Sim, ele estava olhando. A cabeça de Zack estava inclinada para cima e os lábios encontravam-se abertos e o lindo pescoço virava na mesma velocidade em que eu andava. Meu coração retumbava extraordinariamente, meu rosto ainda estava pegando fogo e uma camada de suor cobria minha testa. Eu podia ouvir meus tênis guincharem no piso. Mas isso era tudo que eu ouvia do mundo externo. O restante do barulho vinha de dentro da minha cabeça: o ruído nos ouvidos; o sangue forçando a passagem através de minhas veias retesadas; o ar sorvido em jatos rápidos e rasos queimando meu peito.

— Um paralelogramo — repetiu o Sr. Puente, entregando-me o giz. Mas eu ouvi um eco profundo: "Paraaaleeeeloooograaaaamooooo."

De costas para a turma, o braço erguido diante do quadro, o giz preso entre o polegar e o indicador, eu estava entorpecida pelo pânico. Podia sentir folhas voando dentro de meu crânio vazio, podia ouvir o vento seco da planície. Uma vez, tarde da noite, num canal da TV a cabo, eu tinha visto uma médium segurar uma caneta acima de uma folha de papel em branco e convocar o espírito de James Joyce. Experimentei.

— Einstein — sussurrei. — Você está aí?

— O quê?

Virei-me para o Sr. Puente. Suas sobrancelhas estavam erguidas.

— O que você disse, Libby? — ele tornou a perguntar.

O que eu *podia* responder? Estava arruinada. Fracasso total. Daria no mesmo se ele tivesse me pedido para desenhar um mapa rodoviário do Uzbequistão... eu não tinha a menor ideia. Suspirando, joguei o giz na base do quadro.

— Eu disse que podia passar o resto da vida aqui e não só não saberia como desenhar um paralelogramo, como também acabaria perdendo a capacidade de desenhar uma linha reta.

A turma riu. Uma risada boa, do tipo estamos-com-você. O Sr. Puente deu uma risadinha também. Empertiguei os ombros.

— Aparentemente um extraterrestre abduziu meu cérebro durante o verão e sugou minha capacidade de compreender formas bidimensionais — disse, espirituosa. Meu rosto voltou à cor normal.

Eles riram de novo. Mais forte. Senti o amor deles me envolver, e me senti forte, leviana, inconsequente. Encarando os alunos, meu povo, ergui os braços no ar, fechei os olhos e gritei:

— Se tiver alguém no mundo que possa me ajudar a entender a coisa mais básica de geometria, eu o ajudo com qualquer outra matéria existente.

A turma gargalhou. Eu estava radiante. Através dos meus cílios, vi Ostensia erguer a mão suja de *nacho*. Fechei os olhos bem apertado.

— Alguém! Qualquer pessoa!

— Eu te ajudo.

Não era a voz de Ostensia. Era uma voz masculina. De um garoto.

A voz *dele*.

— Matemática é fácil — disse Zack Nash. — Preciso de ajuda com inglês. Redação.

Inglês? Redação? Eu amo inglês! Quase entrei para a turma de Inglês *Avançado*. E escrever é a minha vida! Eu não podia acreditar que Zack Nash se oferecera para me ajudar na frente da turma toda. Mas lá estava ele, os olhos doces me fitando sem o menor traço de sarcasmo, o cabelo louro deliciosamente despenteado.

— Você tem dois candidatos, Libby — disse o Sr. Puente. — Escolha um e então volte para seu lugar para que possamos prosseguir com a aula.

Em meio aos rostos de lua-cheia radiantes dos meus colegas, vi Ostensia e Zack Nash, ambos me olhando, sorrindo esperançosos.

— Zack Nash, acho — eu disse. — Por que não?

O rosto de Ostensia murchou. A caminhada de volta para nossa mesa dupla foi longa e embaraçosa. Ela não olhou para mim. Eu me senti horrível. Medonha. Como uma daquelas garotas que descartam as amigas no momento em que um garoto aparece.

Era o dia mais feliz da minha vida.

3

— DIRK, LAVE AS MÃOS PARA JANTAR. — MAMÃE LEVOU A PRÓ-pria mão ao balde da KFC, tirou um pedaço de pele Extra-crocante, e a colocou na boca. *Junk food* outra vez. Minha mãe realmente acreditou em Ronald Reagan quando ele dis-se que ketchup era vegetal.

— Já lavei as mãos — disse Dirk.

— Lave com sabão. Rif, pegue o ketchup na *geladeiritcha*.

— Já está na *mesa*, mamãe.

Au.

— Juan, saia de baixo dos meus pés! Quem deu comida ao cachorro?

— Eu dei — respondi. — Não podemos *nunca* ter salada no jantar? Ou alguma coisa que não se peça pelo telefone?

— Rif, dê comida ao cachorro.

— Eu *já dei*, mamãe!

— Onde está o papai? — Dirk, sem lavar as mãos, já es-tava sentado à mesa.

— Está a caminho — respondeu mamãe. Então suspirou. Meus irmãos e eu nos entreolhamos. Era frequente ouvirmos aquele suspiro.

O jantar era mais uma interrupção psicótica da realidade. Ninguém ouvia ninguém. Mamãe servia um festival de gordura de fast-food antes que papai chegasse em casa; a chegada dele transformava todos nós em pilhas de nervos. Hoje, ele seria o médico ou o monstro? Podíamos falar com ele ou o jantar seria uma garfada tensa após a outra? Comer nunca foi uma experiência agradável em minha casa. A menos, é claro, quando surrupio um pacote de biscoito recheado e o levo para o quarto, e como sozinha na cama. Nesse caso, é divino, embora depois eu tenha que correr por quase uma hora para queimar as calorias de três deles.

Mamãe mordeu nervosamente um biscoito. De boca cheia, ela murmurou:

— Bethy, por favor, sirva o leite.

— É *Libby*, mamãe. *Libby*!

— Ai. — Ela voltou a suspirar. — Quem consegue acompanhar?

O argumento de mamãe era válido. Eu vivia mesmo trocando de nome. Ei, e era minha culpa que meus pais tivessem me dado um nome com tantas variações? Ora... será que eles esperavam que eu carregasse "Elizabeth" pelo resto da vida? Ou ainda pior, "Bethy"? Perdi a conta de quantas vezes as pessoas perguntavam "Betsy?" cada vez que eu dizia meu nome. "Não, é *Bethy*", eu respondia. "De Elizabeth, Beth, Bethy." "Ah", respondiam de volta, e então se recusavam a dizer meu nome depois disso. "Libby" era bem mais adulto, de qualquer forma. Nadine dera a ideia. Quando ainda não estava zangada, quando ainda era minha melhor amiga para sempre.

Muitas vezes, desejei poder trocar de família com Nadine. Os pais dela não são nada parecidos com os meus. A família dela parece uma daquelas de comercial de margarina. Todos estão sempre rindo, reunidos na cozinha, rodeando uma grande e fumegante panela no fogão. A mãe dela mergulha uma colher de pau na panela de molho de tomate para provar, dá uma palmadinha jovial no marido, para espantá-lo. Ele a abraça, faz-lhe um carinho na nuca. O irmãozinho joga futebol com um amiguinho no quintal, um *golden retriever* varre o chão com a cauda enquanto espera ansiosamente que caia uma migalha. A irmã mais velha de Nadine leva uma tigela gigante de salada para a imensa mesa de madeira de verdade e grita: "Ceia daqui a cinco minutos!" Eles chamam o jantar de "ceia", o que é *muuuuuuito* legal.

Meus pais, por outro lado, estão mais para aqueles parentes que te deixam morto de vergonha. Olha só: o nome do meu pai é Lance, mas os outros vendedores no trabalho dele o apelidaram de "*Sir* Lancelote", de gozação. Sabe o cavaleiro de armadura, da Távola Redonda (até parece!), o cara bonitão que gostava da Guinevere? No entanto, depois que viram papai engolir um sanduíche de salame de 30cm em menos de cinco minutos e babar cerveja na gravata, eles reduziram o nome para "Lot". O que combina perfeitamente com meu pai, porque ele quase sempre faz tudo aos "lotes", exageradamente.

O nome da minha mãe é Dorothy, mas ela sempre foi chamada de Dot. Assim, meus pais são Lot e Dot. Não é de vomitar? As pessoas ouvem o nome deles e supõem que sejam um casal feliz e cantarolante. Mamãe quer que continue assim.

— Ninguém precisa saber da nossa vida — ela diz o tempo todo.

O que, no fundo, significa que ninguém precisa saber a *verdade*. Se nossa família tivesse um lema — e, naturalmente, não temos —, não seria "Um por todos e todos por um" ou "Faça aos outros o que quer que façam a você". Seria: "Não conte a ninguém." Não moramos numa casa em Bonita Drive; nós nos escondemos nela. O que provavelmente explica por que *mamanhuska* tem a própria língua. Psssiu! Não espalhe.

A última vez que fui convidada para a casa de Nadine para a "ceia" fiquei lá sentada, observando todos, como se eles fossem animais em algum zoo exótico. O "à vontade" deles uns com os outros me deixa sem ar. Todas as vezes que vou lá, tento memorizar a maneira como Nadine age para que eu também possa agir como se fosse normal.

A porta da frente se abriu no momento em que terminei de encher todos os copos com leite. Os sapatos de sola de borracha de papai guincharam no assoalho. Todos ficaram totalmente em silêncio. Ninguém sabia se seria uma noite boa ou ruim. Prendemos o fôlego coletivamente. Exceto Cão Juan. *Au. Au.*

— Na hora certa — disse mamãe, ansiosa. — O jantar está na mesa.

Au. Au. Au.

— O que vamos comer? — papai perguntou ainda da porta.

— Frango. Era uma oferta especial e eu tinha cupons. — Mamãe puxou outro pedaço de pele Extracrocante e o devorou.

— Você não ouviu falar em *hormônios?* — A voz de papai estava alta demais, arrastada demais.

Engoli o ar, senti aquele ovo podre girar em meu estômago pela segunda vez naquele dia.

— É do KFC — disse mamãe. — Seu favorito.

Au-au. Au.

Assim que papai entrou cambaleando na cozinha, vi que seus óculos estavam pendurados na ponta do nariz. O cabelo cor de lama estava de pé num dos lados; a barriga estufava os botões da camisa branca de manga curta. O nariz dele apresentava vários tons de vermelho. Quando ele foi se aproximando da mesa, senti o cheiro de loção pós-barba enfumaçada e cerveja encoberta por antisséptico bucal. Foi nesse momento que tive certeza de que ele havia parado num bar no caminho de casa.

— Os granjeiros dão hormônios às galinhas para que elas tenham peitos maiores. — Ele franziu a testa. — Você está tentando nos transformar em *garotas?*

Mamãe não falou nada. Papai perguntou, impaciente:

— E então? *Está?*

— É claro que não. É do KFC. Eles não fazem isso.

— Tudo é possível — ele resmungou. Quando estava de mau humor, via defeito até no umbigo da Halle Berry. Quer dizer, nada era bom o bastante.

— Querido, por que não lava as mãos e se senta à mesa? — mamãe perguntou.

— Eu vendo *piscinas*, pelo amor de Deus! Como eu poderia me sujar?

— Está bem, então se sente. — Ela puxou a cadeira para ele. Papai sentou-se pesadamente. A perna de Dirk balançava debaixo da mesa. Rif tinha o rosto sem expressão e eu cruzei os braços e fiquei olhando as bolhas dançando sobre o meu leite desnatado.

Au. Au.

— Quando o homem chega em casa — disse papai, enunciando lentamente cada palavra —, ele não quer jantar *produtos químicos*. Entendido?

— Sim.

— O homem não quer que o transformem em uma *mulher.*

Au. Au-au. Au.

— Não, é claro que não.

— O homem...

Auuu. Au.

— CALE A BOCA, VIRA-LATA!

Nós demos um pulo. Cão Juan engoliu seu último latido e se enfiou debaixo da minha cadeira.

— Maldito cachorro! — gritou papai. Ninguém se mexia, todos se preparando para o furacão. Mas papai ficou lá parado, fitando o prato vazio.

Depois de algum tempo, mamãe tentou:

— Biscoito? — ofereceu, agitando uma caixa vermelha e branca do KFC embaixo do meu nariz. O cheiro de biscoitos de nata fumegantes era quase insuportavelmente delicioso.

— Não, obrigada — eu disse.

— Passe os biscoitos para o papai — ela sussurrou para mim.

Papai?

Rif estendeu a mão para o pote de frango.

— Quer um peito? — perguntou a Dirk com malícia.

— Hã? — Dirk não entendeu. Mamãe fuzilou Rif com o olhar enquanto punha uma grande quantidade de purê de batatas no próprio prato. Em seguida, ela me estendeu o recipiente.

— Não, obrigada, mamãe. Me passe a salada de repolho, por favor.

— Feijão? — Ela enfiou uma vasilha plástica com feijões assados na minha frente. Com a boca cheia de saliva, fraquejei. Mas a visão do queixo da minha mãe reluzindo com a gordura do frango fortaleceu minha resolução.

— Obrigada, *não*.

— Milho cozido?

Eu a fitei, séria.

— Você ao menos *comprou* salada de repolho?

De boca aberta, mamãe correu os olhos pela mesa.

— Pensei que tivesse comprado.

Tornando a cruzar meus braços, desafiadora, anunciei:

— De jeito nenhum eu vou comer 1.190 calorias numa única refeição!

— Coma *alguma coisa*, Libby — respondeu mamãe entre dentes.

Indignada, estendi a mão para o milho, embora desse no mesmo se fosse um biscoito com todas as calorias. É demais pedir à minha própria mãe que siga a pirâmide nutricional recomendada pelo governo? Será que algum dia ela viu uma verdura na sua frente? Manter minha dieta híbrida — pobre em calorias, pobre em gordura, pobre em carboidratos — era impossível numa casa em que a gaveta de legumes e verduras na geladeira foi removida para abrir espaço para cerveja.

Dirk estendeu a mão para o pote de frango no momento em que a campainha tocou. A cabeça de mamãe se ergueu bruscamente. Todos paramos e piscamos. Uma visita à nossa casa na hora do jantar significava apenas uma coisa.

Cobrança.

— Shhh. — Papai lançou um spray de saliva por toda a mesa. — Ninguém se mexe.

O braço de Dirk ficou pairando no ar. Rif parou de mastigar. A campainha da porta soou novamente.

— Ele não vai embora — sussurrou mamãe.

Nós já tínhamos testemunhado essa cena antes. A primeira vez, havia cerca de um mês, mamãe inocentemente se levantara e atendera a porta. Da mesa do jantar, ouvimos sua voz murchar de um alegre "Olá!" a um sussurrado "Deixe a conta e eu pago amanhã".

Da segunda e da terceira vez, papai atendeu a porta e disse rispidamente: "Estamos no meio do jantar. Volte amanhã à tarde."

Naturalmente, não tem ninguém em casa à tarde, assim, dessa vez, a quarta, papai tentou uma nova abordagem.

— Finjam que não estamos aqui — disse ele.

Papai empurrou a cadeira para trás, encolhendo-se ao barulho que o gesto provocou e, trêmulo, se levantou. Manteve o dedo nos lábios enquanto cambaleava, na ponta dos pés, até a janela ao lado da porta da frente. À mesa da cozinha, Rif murmurou:

— Os carros estão na entrada. Ele sabe que estamos aqui.

Mamãe o olhou, furiosa. O braço de Dirk, ainda estendido sobre a mesa, começou a tremer.

— Se você se mexer, morre — Rif sussurrou-lhe.

— Comam — ordenou mamãe. — *Em silêncio.*

Em câmara lenta, Dirk alcançou o pote de frango e pegou uma coxa, então delicadamente a devolveu e começou a procurar outro pedaço.

— Vai meter a mão em todos, é? — rosnou Rif.

— Psiu!

Papai voltou pé ante pé para a cozinha e sussurrou:

— Ele foi embora.

— Então por que estamos sussurrando? — sussurrou Rif.

— Essa foi por pouco — disse mamãe, olhando para o meu pai. Ele deixou-se cair na cadeira e estendeu a mão para o pote em busca de um pedaço de frango.

Au. Au. Cão Juan recomeçou. Papai estava prestes a mandá-lo para a sala com um pontapé quando de repente deu um salto.

— Minha no...

— Sr. Madrigal? — Um rosto de homem espiava através das persianas encardidas da janela acima da pia da cozinha.

— Saia do meu quintal — berrou papai.

Dessa vez, papai não precisou nos dizer para não nos mexermos. Nós nos transformamos em manequins de olhos arregalados por nossa própria conta.

Au. Au.

— Se pudéssemos conversar alguns minutos...

— Esta é uma propriedade particular — gritou papai. — Vou chamar a polícia.

Au-au. Au. Au.

— Tenho direito de estar aqui, Sr. Madrigal. Se eu pudesse conversar um minuto com o senhor...

— Não tenho nada a lhe dizer.

Au...

— Cale a boca, Juan! — O rosto de papai parecia prestes a explodir. Juan calou a boca, mas dava para ver que ele estava ofendido. Afinal, se um cachorro não pode latir quando um estranho ultrapassa os limites do seu quintal, quando é que ele pode?

— Podemos elaborar um plano de pagamento — disse a cabeça na janela da cozinha.

Papai suspirou.

— Estamos no meio do jantar. — Seu tom de voz suavizou-se.

Mamãe perguntou baixinho:

— Quer que eu vá falar com ele desta vez, Lot?

Limpando a boca com as costas da mão, papai se levantou.

— Eu cuido disso — disse ele, parecendo sóbrio de repente. Em seguida, para a cabeça: — Volte para a porta da frente. Vou lhe dar cinco minutos.

Papai enfiou a camisa na calça, esfregou o rosto, devolvendo-lhe a cor e a expressão.

— Não parem de comer — ordenou ele.

De cabeça baixa, voltamos a comer. Ouvi meu pai atravessar a sala e abrir a porta da frente.

— Sr. Madrigal... — A voz masculina soava insegura, assustada.

Mamãe nos perguntou em voz alta:

— Então, o que vocês fizeram na escola hoje, crianças?

— ... atrasado... aviso final... execução da hipoteca... — Palavras assustadoras flutuavam para a cozinha enquanto tentávamos engolir a comida.

Mamãe estava sentada totalmente dura.

— Dirk? — ela disse. — Aconteceu alguma coisa interessante na escola?

Dirk assentiu.

— A Sra. McAllister me pediu para ler meu trabalho sobre grandes tubarões brancos em voz alta para a turma toda — disse ele, sorrindo.

— Para a turma toda? — ecoou mamãe. — Meu Deus! — Dava para ver que ela lhe dava a atenção de um ouvido só.

— ... queremos colaborar com o senhor — o homem ia dizendo ao meu pai. — Não somos inimigos.

— Vocês sabiam que mais pessoas são mortas por elefantes do que por tubarões? — perguntou Dirk.

— É mesmo? — mamãe abarrotou a boca de feijões assados.

— Cachorros matam mais gente do que tubarões.

— ... não posso sair daqui sem um cheque...

— E sempre que um tubarão perde um dente nasce outro no lugar.

— ... eu também não quero ficar vindo aqui.

— Sempre mesmo, não importa quantas vezes ele morda algo como uma foca ou uma baleia.

— Tubarões não mordem baleias — disse Rif. — Tem mais milho ou Libby vai comer tudo?

Fiz uma careta para ele. Cara, como o milho estava bom.

— Poderiam, acho — disse Dirk —, se conseguissem pegar uma.

— As baleias são os maiores mamíferos do mundo, seu idiota. — Rif estendeu a mão para pegar uma espiga de milho. De jeito nenhum eu daria uma a ele.

— ... assim estaria bem, Sr. Madrigal.

— Dot?

Mamãe pousou o garfo na mesa, engoliu em seco e virou a cabeça na direção da porta da frente.

— Sim, querido?

— Onde está o talão de cheques?

Uma sombra nublou brevemente o rosto de mamãe, mas logo desapareceu.

— Está na minha bolsa — disse ela, animada. — Eu vou pegar.

Ela se ergueu e saiu da cozinha.

— Os tubarões são bem grandes também, você sabe — disse Dirk, tristonho.

Quando meu pai voltou à mesa do jantar, seu humor havia melhorado consideravelmente. Ele esfregou as mãos e disse:

— Passe o meu frango favorito.

Mamãe estendeu-lhe o pote de frango, mas percebi que ela não olhou para ele. Eu já tinha visto esse "não olhar" antes. E sabia exatamente o que ele significava.

— Cheques não são *dinheiro*, Lot — ela havia gritado para ele uma noite. — É preciso ter dinheiro no banco.

Ele não tinha ouvido na ocasião, e não estava prestando atenção ao "não-olhar" dela agora. Senti pena da minha mãe. Deve ser terrível viver em um silêncio tão alto — tanto para dizer e ninguém para ouvir.

— Tem repolho? — perguntou papai, abrindo uma lata de cerveja.

A primeira vez que percebi que meu pai tinha um problema com álcool, eu estava com 10 anos mais ou menos. Antes disso, ele era apenas o meu pai. Eu era a garotinha dele. Ele me fazia rir e me sentir especial.

— Quem é a minha garotinha preferida no mundo todo? — ele perguntava.

— Bethy! — eu respondia, feliz.

No meu oitavo aniversário, papai organizou uma festa na piscina do seu trabalho, em um domingo, quando a empresa estava fechada. Esse é um dos benefícios de ser vendedor de piscinas: seu próprio quintal pode ser um nojo porque tem uma piscina maravilhosa ao ar livre no trabalho.

Mamãe amarrou balões de gás na cerca de ferro batido em torno da piscina; papai fez uma placa para o estacionamento que dizia FESTA PARTICULAR. Ele também ligou o aparelho de CD do escritório na altura máxima e virou os alto-falantes na direção da piscina. As imagens daquele dia ainda estão vivas na minha mente — a emoção de ter uma festa num espaço de adultos, tão perto de uma rua movimentada, a histeria de meninas mergulhando na piscina, em maiôs brilhantes, a alegria de mamãe, o orgulho de papai. Era tão normal.

— Seu pai trabalha aqui? — minha amiga Marjorie perguntara estupefata. — Ele é salva-vidas?

— Não, sua boba. — Eu rira com superioridade, certa de que meu pai tinha o trabalho mais legal do mundo. — Ele vende piscinas! Se quiser uma, tem de comprar com ele!

Eu me lembro dos olhos arregalados de Marjorie. Lembro do riso de Nadine também, das brincadeiras na piscina, e de ver meu pai, brincalhão, dando um tapinha no bumbum da minha mãe e beijando Dirk no alto da cabeça. Naquele dia, Rif estava fazendo um programa com os amigos dele, e eu era a filha mais velha, e não a do meio. Comi bolo de maiô sem nem pensar a respeito. Convidei meus amigos sem me preocupar com o que eles veriam.

Mas isso foi há muito tempo.

Quando fiz 9 anos, já não havia tantas pessoas comprando piscinas. Papai parou de dar tapinhas no bumbum de mamãe e começou a medi-lo.

— Esse é o seu segundo pedaço de bolo? — ele perguntou a ela na festa do meu nono aniversário, em Chatsworth Park.

Eu me lembro de como ela olhou para ele, os olhos marejados. Não falou com ele durante o restante da festa, e eu tive vontade de chorar, embora fosse meu aniversário.

Pouco a pouco, meu pai engraçado e amoroso foi desaparecendo. O corpo dele estava lá, mas *ele* não. Havia outro cara vivendo dentro dele. Esse estranho era sarcástico, irracional, irascível e às vezes violento. Ele nunca bateu em nós ou na minha mãe. Em vez disso, dirigia a raiva para as paredes. Atrás de várias gravuras emolduradas, penduradas em lugares estranhos por toda a casa, havia buracos do tamanho de um punho. E os nós dos dedos da mão direita de papai são maiores do que os da esquerda porque eles nunca têm a chance de se recuperar totalmente.

— *Parabanhas* para você! — papai cantou para mamãe naquele dia em Chatsworth Park. Marjorie o ouviu. Os olhos dela se arregalaram novamente. Dessa vez, eu vi medo e constrangimento neles. Ela percebeu que alguma coisa estava errada com meu pai. E, pior, ela agiu como se fosse algo contagioso. Foi para casa cedo e acabou deixando de querer ir brincar lá em casa. Depois de um tempo, parei de convidar as pessoas para ir lá em casa. Não queria que vissem meu pai desmaiado no sofá ou que sentissem seu bafo horrível, dormindo ali de boca aberta. Nadine era a única amiga que continuou vindo. Ela via o que estava acontecendo, mas nunca falávamos a esse respeito. Eu não tocava no assunto, nem ela.

Levei algum tempo para entender completamente o que estava acontecendo com minha família. Foi só numa noite, há quatro anos, que tive certeza absoluta.

Como eu disse, estava com uns 10 anos. Meus pais estavam oferecendo um jantar, o único que me lembro que eles deram. Mamãe estava cozinhando havia horas. A casa toda cheirava a alho e pão assando. As bochechas de mamãe estavam coradas e a voz dela estava uma oitava mais alta do que o normal. Ela nos deixou comer hambúrgueres em bandejas na frente da tevê.

— Limpem a sujeira que fizerem — disse ela com a voz aguda. — Depois vão para o quarto de vocês e fiquem por lá.

Papai vestia uma de suas camisas brancas de trabalho e calça cáqui bem passada. Usava mocassins com pequenas borlas. Lembro-me de ficar observando aquelas borlas pulando de um lado para o outro, enquanto ele andava pela sala. Eu lhe ofereci um dos anéis de cebola que estava comendo e ele disse: "Não, obrigado", deixando-se cair numa espreguiçadeira e abrindo uma lata de cerveja.

— Ah, Lot. — Mamãe suspirou quando o viu. Então desapareceu na cozinha e nós corremos para nossos quartos.

Rif tinha ido dormir na casa de um amigo naquela noite, mas Dirk e eu decidimos espionar a festa de nossos pais pelo respiradouro do sistema de aquecimento no meu quarto. Seria fácil ouvir sentados no corredor, mas ficar deitados de barriga espremidos no respiradouro pareceu mais divertido na época.

— ... e ele saiu com o carro e ficou fora por uma hora e *meia*! — berrou um dos convidados, colega de trabalho de papai. (Ele estava fazendo um extra como vendedor de automóveis nessa época.) Todo mundo riu. Ouvi mamãe repetir:

— Uma hora e *meia*?

— Pensei que teria de pagar aquele carro com minhas comissões pelo resto da vida!

Todos tornaram a rir. Então papai disse:

— Certo, como se você fosse conseguir pagar aquele carro.

Ouviu-se algum alvoroço, mas os risos diminuíram notadamente.

Mamãe, a voz ainda anormalmente alta, disse:

— Quer outra *bruschetta*, Sam?

— Claro.

— Mais vinho? — papai ofereceu.

— Se você vai servir...

— Ele está *sempre* servindo — observou mamãe alegremente. Dava para perceber que era uma piada, mas ninguém riu.

A festa foi se tornando mais barulhenta à medida que as horas passavam, e Dirk adormeceu no chão do meu quarto. Deixei-o ali e me deitei na cama, ouvindo pela porta aberta. A voz de papai mudou totalmente. Estava mais alta que a de todos os outros, mais lenta. E ele dizia coisas maldosas.

— Não existe sobremesa de que você não goste, não é, Dot?

Lembro de ter me sentido perturbada, envergonhada por ele. E humilhada, por causa de minha mãe, também, pois ouvi alguém dizer:

— É melhor nós irmos.

Papai, com a voz arrastada, gritou:

— Ir? Foi alguma coisa que minha mulher disse?

Depois que os convidados saíram, o que ocorreu logo em seguida, minha mãe começou a chorar e meu pai começou a gritar.

— Pelo menos uma vez, Lot — soluçou mamãe. — Você não podia ter ficado sóbrio pelo menos *uma vez*?

— Era uma *festa!* As pessoas *bebem* em festas! Eu notei que o fato de eu beber não atrapalhou seu apetite.

— Se você ao menos pudesse ouvir a si mesmo — gritou mamãe.

— Se você ao menos pudesse ver a si mesma!

Naquela noite, a palavra "alcoólatra" insinuou-se em minha mente pela primeira vez. Mas eu não ia dizê-la em voz alta. Não queria que a ira de papai se voltasse contra mim. Tampouco queria ouvir outras brigas dos meus pais. Naquela época, eu já sabia que há algumas conversas que uma criança não deve ouvir. Porque, depois de ter ouvido, como você poderia esquecer?

No dia seguinte, perto de nós, meus pais fingiram que estava tudo bem, mas eu sabia. Eles não se olhavam. O maxilar de mamãe estava contraído. Papai ficou assistindo à tevê por muito tempo. Depois daquela noite, eu compreendi o que vinha testemunhando fazia anos. O álcool roubara meu pai de mim. Ele o substituiu por um homem que era cruel com minha mãe e fazia toda a nossa família ter vontade de se esconder.

A princípio, fiquei triste pelo fato de meu pai engraçado e amoroso ter sumido. Depois fiquei com raiva. Ele não fora sequestrado; ele se deixava ir embora a cada vez que abria uma lata de cerveja. Por que não podia se trazer de volta? E por que mamãe o deixou ir? Por que ela não o fez ir se tratar? Como uma mãe podia deixar os filhos crescerem com exemplos tão ruins? E quem é que só tem terra no quintal?!

Quando eu não estava com raiva do meu pai, estava apavorada com a possibilidade de ficar igual à minha mãe. Sem o ambiente adequado, a genética não iria correr desenfreada? Seria meu destino suportar o que quer que a vida me servisse?

Só de pensar nisso minha boca ficava seca.

— Me desculpe.

Foi o que escrevi no campo do assunto em meu e-mail para Nadine naquela noite, depois de ter terminado meu jantar de milho cozido. Eu havia tentado falar com ela na escola, mas Nadine me deixou rapidamente na hora do almoço, e tinha treino da banda depois da última aula. Fiquei esperando diante da sala de música até que outro aluno da banda me disse que eles estavam treinando no campo de futebol. De jeito nenhum eu iria atravessar o campo para que Nadine me tratasse mal na frente de toda a banda e de todo o time de futebol também.

"Por favor, não fique com raiva de mim, Nadine", escrevi. Então parei. Sentada diante do computador, as mãos empoleiradas nas teclas, eu não conseguia pensar no que mais dizer. Sim, eu me sentia péssima com o fato de minha melhor amiga ter recebido um castigo por estar tentando me ajudar. Mas por acaso eu lhe disse que quebrasse aos chutes meu armário? Eu disse que não precisava do caderno, mas ela continuou chutando assim mesmo. Será que ninguém me ouve?

De repente, fiquei furiosa. Como ela ousou esmurrar meu armário! E quem deixou aquele idiota do Curtis e seus pés tamanho 45 arruinar a porta? Eu é que não fui! Por acaso ela esperava que eu mentisse para o Sr. Corno e dissesse que tinha sido eu? Ostensia havia jogado seu mau hálito em cima de mim durante toda a aula de geometria. Ela se importou? Fiquei o dia inteiro sem os livros, vou ficar com ponto negativo em meu dever de casa, sem falar no fato de que a menina que divide o armário comigo ficou enfurecida porque não conseguiu pegar o lanche no armário. Nadine se importou com isso? Hein? Além disso, o maior momento em toda a minha vida aconteceu naquele dia e eu não tinha para quem contar. Ora, ela acha que Zack Nash quer estudar com *qualquer um*? Ora, ela acha que não é nada de mais que eu finalmente esteja pronta para admitir que ele é o garoto dos meus sonhos depois de um *ano* silenciosamente obcecada por ele?

O telefone tocou. Eu o ignorei. Meus irmãos que atendessem. Minhas mãos voavam sobre o teclado do computador. Exclamações e maiúsculas em negrito se espalhavam pelo texto. Já era hora de minha assim chamada "melhor amiga" ouvir umas poucas e boas.

— ... hora de assumir RESPONSABILIDADE...

— Libby, é para você — gritou mamãe da sala.

Eu a ignorei e continuei minha luta.

— ... por SUAS próprias atitudes!!!!

— Libby! Telefone!

Assinei: "Elizabeth Madrigal, amiga *de verdade*." Então cliquei no botão ENVIAR, gritei: "OK" para minha mãe e peguei a extensão na cama.

— Alô?

— Libby?

Era Nadine.

— O que *você* quer?

— Estou apaixonada!

4

ISSO NÃO ERA SUPIMPA?

Eu sei, estou falando como uma velha, mas não era? Nadine acaba com o meu armário, passa o almoço retida com Curtis Pezão e acaba indo ao cinema com ele na sexta depois da escola.

— Ele é tão incrível — Nadine me disse no outro dia, no refeitório, totalmente esquecida de nossa pequena desavença e sem nem mesmo mencionar meu e-mail furioso.

— É, você me disse.

— Ele toca violão e baixo. Você consegue acreditar?

— Não. E não consegui acreditar quando você me contou ao telefone ontem à noite.

— O Sr. Corno nos fez sentar em silêncio *completo* por *uma hora inteira*, assim fomos *obrigados* a trocar bilhetes.

— Hã-hã.

— Você não pode acreditar no quanto se pode conhecer de uma pessoa sem dizer uma única palavra.

— Você quer Pizza Hut ou Taco Bell? — Nós estávamos segurando a fila. O refeitório da Fernando High era uma versão da minha casa. Na verdade, bem podia ser administrado por mamãe. Todos os anos, as lanchonetes de fast-food locais disputavam o privilégio de servir suas porcarias aos futuros líderes de Chatsworth. Numa tentativa de nos ensinar a democracia, davam ao corpo estudantil o direito de voto. Aparentemente meu pedido, escrito a lápis na cédula, de um balcão de saladas fora desconsiderado por completo.

— Quem consegue comer? — perguntou Nadine.

Escolhi um taco de frango e um refrigerante diet e segui para o caixa. Nadine, tagarelando sem parar no meu ouvido, fazia um beija-flor parecer relaxado.

— Duas páginas inteiras, frente e verso, de *coisas*. Incrível, assunto de verdade. Ele é poeta, sabe, não só músico. Vou guardar aqueles bilhetes para mostrar aos nossos filhos.

Ah, minha nossa.

— Sabe qual é a melhor parte? — ela perguntou.

— Ele vai consertar meu armário? — Parece que Nadine nem ouviu meu comentário e prosseguiu.

— A melhor parte é que, se tudo funcionar da maneira como acho que vai, da maneira que espero e *rezo* que aconteça, Curtis vai ser o garoto que vai me dar o tal.

Passei a perna sobre o banco do refeitório e me sentei. Nadine sentou-se ao meu lado, de frente para a porta, para o caso (isso mesmo, você adivinhou) de Curtis passar por lá.

— Sabe — falei —, uma hora de castigo não pode lhe dizer muito sobre uma pessoa. — Eu estava tentada a confessar que tinha passado mais de um ano estudando silenciosamente Zack Nash, e mal o conhecia. Mas a mente de Nadine estava concentrada em sua vida amorosa possivelmente muito real, e não na minha imaginária.

— Às vezes, uma hora é tudo que você precisa — disse ela suavemente, acariciando a parte de trás da minha cabeça com uma superioridade do tipo "eu sei de tudo" que me irritou.

— E às vezes não é — devolvi, afastando minha cabeça da mão dela.

Nadine limitou-se a suspirar.

— Você vai ver, Libby Madrigal. Antes de o ano terminar, *muito* antes, Curtis e eu teremos dado um beijo para valer. Você vai ver. Eu sei no fundo do coração que isso vai acontecer. No fundo do *coração*.

Eu acreditava nela, e isso era a pior parte. Não é que estivéssemos competindo ou algo assim. Apenas eu queria que o meu beijo para valer fosse o primeiro. Ou pelo menos ao mesmo tempo que o dela. Assim como as coisas iam, eu ainda estava aprendendo a andar e ela já estava prestes a ganhar a medalha de ouro olímpica em atletismo. Como isso pôde acontecer? Minha amiga, minha melhor amiga, estava tão à minha frente que era praticamente um pontinho minúsculo no meu horizonte.

— Ei.

— Ei! — Nadine deu um salto, pondo-se de pé.

Curtis e seu amigo Ray — ou Roy, ou algum outro nome de uma única sílaba começado com "R" — se aproximaram da nossa mesa.

— Como vai o seu armário? — Curtis me perguntou.

— Ainda côncavo — respondi. Então, em resposta ao olhar aturdido de Ray/Roy, acrescentei: — Tão amassado quanto ontem.

— Ouvimos dizer que vão mudar toda aquela série de armários — disse Nadine.

Ouvimos?

— Curtis e eu ouvimos a secretária do Corno falar com o zelador ao telefone ontem.

Ah. *Esse* é o "nós". Nadine e eu nem éramos mais um "nós". Eu queria que todos fossem embora para que eu pudesse engolir meu *taco* com uma só mordida.

— Pelo menos Libby conseguiu tirar os livros de lá hoje de manhã — contou Nadine. Em geral, a voz dela não era tão melosa. Eu queria vomitar. — Corno mandou o zelador abri-lo com um pé-de-cabra. Deram a Libby e à menina que divide o armário com ela um outro, novinho em folha.

— Na extremidade oposta do campus — resmunguei.

— Legal — disse Roy/Ray. Em seguida, ele limpou o nariz com as costas da mão.

Curtis voltou-se para Nadine.

— Um pessoal vai para o Boulevard comer alguma coisa. Quer vir também?

— Claro! Quer dizer, seria legal. Estou morrendo de fome.

Eu só olhei para ela. Minhas narinas inflaram. Da mesma forma como ela me olhou no dia anterior, quando o Sr. Corno a arrastou para o melhor castigo da vida dela.

— Libby pode vir também? — ela perguntou. Boa tentativa, pensei.

— Pode. Tanto faz. — Curtis começou a parecer impaciente.

— Vocês vão na frente — eu disse, jogando o cabelo casualmente. — Sou a tutora de Zack Nash e preciso encontrá-lo.

Nada. Nadinha. Nem uma única palavra sequer que indicasse que reconheciam o nome. Nada de "Zack Nash? Aquele bonitinho?" Ou "Uau! Eu não sabia que você conhecia Zack Nash". Nada. *Zerovski*. Nadine deu de ombros, fez meia-volta e então se foi. Simples assim. Eu a observei desaparecer além do gramado na frente da escola. Com Ray/Roy e Curtis, o garoto em quem ela daria o beijo para valer.

Isso não era supimpa?

5

PAPAI ESTAVA TENTANDO ACERTAR O CACHORRO DA VIZINHA quando cheguei da escola. Ele estava deitado de barriga para baixo de encontro à tela de arame que servia de cerca em nosso quintal de terra batida, o rosto vermelho e os braços suados cobertos de terra.

— Vira-lata sarnenta! — eu o ouvi gritar.

A briga de papai com Winnie, a cadela branca da raça maltês da casa ao lado, era psicótica. Ele ficava louco toda vez que a cadela latia, e a cadela latia sempre que os donos não estavam em casa. Obviamente, os donos não estavam em casa nesse momento. Ao que parecia, meu pai *estava*, em pleno dia útil, o que não era um bom sinal.

— Fique parado, seu pano de chão covarde!

— Lá vamos nós de novo — disse Rif, juntando-se a mim na porta de vidro deslizante. — Canino versus asinino.

Winnie é tão neurótica quanto um cão pode ser. Não que eu a culpe, com um maníaco armado como vizinho. Eu juro que meu pai adora ouvir o som do carro do vizinho saindo da garagem. Ele fica completamente imóvel, à espera. Então, no momento em que Winnie choraminga, ele atravessa o quarto em disparada, na direção do closet, onde sua velha arma de ar comprimido e a caixa de munição estão guardadas — fora de nosso alcance, é claro Há algumas semanas, papai nos acordou no meio da noite.

— Quem pegou? — ele nos perguntou, furioso. — Foi você? Você? Você?

Papai não estava bêbado. Estava de ressaca, o que era bem pior.

— Ninguém pegou sua arma, Lot — disse mamãe, cansada, fechando o robe com a mão no pescoço. — As crianças não cairiam nessa.

— Eu é que não caio — gritou papai. — Sempre ponho a arma em cima de um pedacinho de papel para saber se alguém a usou. E o papel estava no chão.

— Talvez tenha voado quando estávamos no closet pegando outra coisa — mamãe sugeriu.

— E talvez este ano o Natal seja em julho — papai respondeu.

Dirk tentou aquecer os pés descalços na parte de trás da calça do pijama. Rif manteve o rosto sem expressão, como uma pedra. Eu simplesmente bocejei e esperei que a fúria de papai se esgotasse. Eu sabia que ele não pensava que eu havia apanhado sua arma estúpida. Eu odiava armas. Era eu que tentava impedir papai de atirar em Winnie até que ele ameaçou de atirar no *meu* traseiro.

— Vamos para a cama, Lot — disse mamãe.

— Não antes de alguém confessar. Quem pegou? Você? Você? Você?

Depois de cada "você" acusador, meus irmãos e eu sacudíamos a cabeça. Dessa vez, eu de fato parecia inocente, cansada demais para corar ou suar.

Finalmente, mamãe disse:

— Já chega, Lot. As crianças têm aula amanhã.

Papai pigarreou, pareceu ver abruptamente o ridículo de seu interrogatório no meio da noite. Ele é assim, o meu pai. Sua sanidade de vez em quando alcança sua insanidade e ele é pego de surpresa. É como se de repente se lembrasse de como costumava ser, antes que a cerveja afogasse seu cérebro. Nesses momentos, quase posso fingir que as coisas são como eram.

— Aqui está ela — papai cantava nas manhãs de sábado quando eu vinha para a mesa do café-da-manhã de pijama. — *Miss* Chatsworth!

Para ser honesta, esses vislumbres do meu antigo pai me aborreciam. Quando tenho certeza de que o perdi para sempre, ele reaparece e me deixa sentindo sua falta novamente. Eu não quero sentir falta do meu pai quando ele está bem à minha frente. Muitas outras coisas já me estressam.

— Muito bem — ele disse naquela noite. — Vão para a cama. Mas todos nós sabemos que uma arma de ar comprimido não é brinquedo, certo?

— Certo.

— É uma arma perigosa.

— Arma perigosa — repetimos num uníssono exausto.

— Aquele pedaço de papel deve ter caído com o vento — ele murmurou enquanto seguíamos para a cama.

Dirk disse "Boa-noite" na porta do quarto que dividia com Rif, e então caiu de cara na cama. Rif, agitado, sussurrou para mim:

— Agora eu sei sobre o papel. Da próxima vez posso colocá-lo no lugar!

Assim, naquele dia, depois da escola, Rif e eu ficamos na sala observando o homem que nos havia criado apontar sua preciosa arma de ar comprimido para uma bolinha de pelos branca e fofinha de cinco quilos. O cano da arma se projetava pela cerca. Winnie estava rouca de tanto latir. Cão Juan, espiando pela porta de vidro conosco, engoliu saliva seca de cachorro, aterrorizado.

— Quem é o cachorro maioral agora? — papai gritou, como um maníaco. Então ouvimos um disparo e um *ping* alto. Papai nunca acertava Winnie, o que aumentava sua frustração, mas ele com frequência atingia o balanço do vizinho, confundindo completamente a família que morava ali. Víamos o Sr. Halpern examinando o balanço furado enquanto coçava a cabeça. Felizmente para Winnie, papai tinha a pontaria ruim. Infelizmente para nós, ele era um imenso constrangimento (sem mencionar um horrível exemplo). Como admirar um pai que não só trava uma guerra com um cachorrinho, como ainda a perde?

A pior ocasião foi aquela em que Winnie estava no cio e papai empurrou Cão Juan sob um buraco na cerca.

— Isso vai mexer com eles — rosnou ele.

Mas Juan tinha simplesmente ficado lá, parado, cabisbaixo, tremendo. Os latidos de Winnie o assustaram. Suas orelhas pendiam como dois lenços de papel molhados. Ele olhou pateticamente para trás, para papai, e tentou voltar por baixo da cerca para a segurança de seu próprio quintal.

— O que você é? *Gay?* — papai havia rosnado para ele, bloqueando-lhe a passagem de volta com a arma.

Foi só quando mamãe saiu da casa e gritou "Será que você finalmente perdeu o último de seus neurônios?" que papai desistiu da tentativa de sabotagem genética.

Com tanta coisa acontecendo do lado de fora, eu não percebi o que havia acontecido lá dentro. Na verdade, foi só quando o carro do Sr. Halpern se aproximou e papai voltou correndo para dentro de casa que notei que nosso sofá da sala havia desaparecido. Foi nesse momento também que percebi que papai ainda estava de chinelos.

— O que aconteceu com o sofá? — perguntei.

— Nada — papai respondeu, então espiou pela janela para ver o Sr. Halpern examinar o balanço. — Fracassado — disse, sorrindo.

Rif levou a mão ao cabelo e saiu da sala.

— Papai, o sofá da sala sumiu. Você sabia?

— É claro que eu *sabia* — ele zombou. Então perguntou: — A que horas sua mãe costuma chegar em casa?

— Daqui a umas duas horas — respondi.

— Ótimo — disse papai, indo até a geladeira, arrastando os chinelos. Ele a abriu e tirou uma embalagem de seis cervejas do lugar supostamente destinado a legumes e verduras. Suspirei. Ele disse: — Você também não, Libby. Hoje não.

Soltei outro suspiro e fui para o meu quarto.

Meus ouvidos zumbiam enquanto eu atravessava o corredor, passando pelo espaço vazio na sala, passando por Cão Juan, escondido com medo debaixo de uma espreguiçadeira.

— Bethy é metida. — Dirk me atirou um lenço de papel embolado usado quando passei pela porta aberta do quarto dele.

— Dirk é um idiota — respondi, batendo a minha porta.

Dentro do quarto, eu me deitei na cama e fiquei olhando para o teto. Parecia que eu tinha um dicionário em cima do meu peito. Uma edição completa. Respirei fundo, tentei relaxar, mas minha vida toda me parecia um jeans apertado demais. Minha própria casa estava me sufocando.

Como é que eu fora nascer nesse circo? Como eu poderia fugir?

Levando a mão ao rosto, senti a protuberância do nariz, corri os dedos pelos dentes retos, segui a linha das maçãs do rosto. Pegando as pontas do cabelo liso e comprido, procurei pontas duplas. Finalmente cheguei à conclusão a que eu sempre acabava chegando: eu tinha sido adotada. Não importava quantas vezes meus pais negassem, eu simplesmente não podia acreditar que as pessoas com as quais eu vivia fossem ligadas a mim por sangue e DNA.

Os gritos me acordaram. A princípio, eu não sabia onde estava, mas o cheiro de pizza de pepperoni despertou minha memória. Era hora do jantar na casa dos Madrigal. Mamãe acabara de chegar em casa com nosso jantar no banco do carona.

— ... simplesmente tomou a decisão... sem consultar...

Ela estava gritando com papai.

— ... contar com seu apoio. Ao menos *uma vez*...

Papai estava gritando com ela. Os dois estavam gritando bem diante da porta do meu quarto.

— Apoio? — berrou mamãe. — Qualquer outra mulher teria te deixado há anos!

— Eu não estou vendo ninguém barrando você na porta! — papai gritou de volta. Para dar ênfase, ele deu um murro na porta do meu quarto.

Lá vamos nós de novo.

Com o coração disparado, minha primeira reação seria abrir a porta do quarto, saltar entre os dois e berrar com toda a força dos meus pulmões até eles pararem de gritar um com o outro. Eu já fizera isso antes, explodira na frente deles. Com o rosto roxo, puxando os cabelos, eu gritara: "Parem! Parem! Parem!"

Inacreditavelmente, eles haviam parado. Cessaram os insultos mútuos por tempo suficiente para me mandar ir para o meu quarto. O que eu fiz. Pela porta fechada, eu os ouvi se afastar pelo corredor batendo os pés.

— Está vendo o que você fez com a sua filha? — mamãe havia disparado, não longe o bastante para que eu não ouvisse.

— Eu? E você? Você é a mãe dela!

— E *você* é o pai bêbado dela.

Depois disso, aprendi a deixá-los em paz. Eles já tinham motivos suficientes para brigar sem brigarem por *minha* causa.

Como agora, por exemplo.

— Acabe com a casa toda agora que já começou! — minha mãe gritava.

Parecia que papai estava fazendo exatamente isso. Assim, pulei da cama e prendi o encosto da cadeira da minha escrivaninha por baixo da maçaneta como eu já vira fazerem na tevê. Não ia deixar que meu pai lunático e furioso abrisse uma janela instantânea em uma de minhas paredes.

Colocando os fones de ouvido, liguei o CD bem alto, tentando acalmar meu coração. De repente, lembrei-me de um artigo de revista sobre meditação que eu tinha lido. Dizia que você podia se desligar do mundo sentando-se imóvel e respirando. Eu não precisava zumbir também?

— Esta casa era *minha* e eu acabo com ela se quiser! — O punho de papai acertou minha parede outra vez.

Era? De pernas cruzadas na cama, olhos fechados, comecei a zumbir. Tentei não ouvir os pedaços de gesso caindo no chão ou os latidos histéricos de Cão Juan.

Ohmm. Ohmmm.

— Feliz agora? — rosnou mamãe. — Quem sabe você não quebrou a mão desta vez!

Au! Au!

Ohmmm.

O telefone tocou, atrapalhando minha busca por paz interior. Rapidamente desdobrei as pernas, arranquei os fones de ouvido e corri para a extensão no meu quarto antes que um dos dois se irritasse com o barulho do telefone e arrancasse o fio da parede.

— Alô?

Bum! Papai acertou a parede novamente.

Dirk saiu bruscamente do quarto gritando:

— Parem com isso! Parem com isso!

Au! Au! Au!

— Quem é? — Eu mal podia ouvir a voz no telefone. Tudo que eu queria era me livrar de quem quer que fosse para arrastar Dirk para meu quarto e podermos zumbir juntos.

— Dirk, volte para o seu quarto! — Então, para papai, mamãe zombou: — Você acha que é o bambambã...!

Bum! Ela gritou quando o punho de papai tornou a acertar a parede.

— É o Zack. Zack Nash.

Au! Au!

— Encoste a mão em mim e você é um homem morto. Eu juro! — gritou mamãe.

— Zack? — Meu coração saltou até os ouvidos.

Bum!

— Você está me *ameaçando*? Você se *atreve* a me amea...

Au!

— Oi, Zack! Oi! — O pânico instantaneamente fritou meu cérebro. E eu não conseguia pensar numa só coisa inteligente para dizer. Em vez disso, eu ria histericamente ao telefone. — Como você *está*?

Levei o telefone sem fio para dentro do closet, até onde ele não perdia a recepção. Me enrosquei e tentei segurar o telefone no espaço à prova de som da minha axila.

— Homem malvado de pantufa! — zombou mamãe. Ela estava descontrolada. Seria por causa do sofá desaparecido? O que ele queria dizer quando falou que a casa *era* dele? Eu nunca vira minha mãe enfrentar meu pai dessa maneira. Era tão emocionante quanto aterrorizante.

— Estou legal — disse Zack. — Estava me perguntando se...

Crash! Ou minha mãe ou meu pai (Deus, espero que não tenha sido Dirk) tinha pegado alguma coisa e atirado. Ouvi um grunhido, um baque e um barulhão. Juan latiu e disparou pelo corredor.

— O que está acontecendo aí? — perguntou Zack.

— Aí? O que você quer dizer com *aí*? Aí? — Mordi o lábio, percebendo subitamente que eu também estava em vias de perder o controle.

— A cadeira do tio Randall?! Como *ousa*! — Mamãe estava ensandecida. Aparentemente, o objeto que havia sido atirado era a velha cadeira que ela herdara do tio. Era a única coisa que tinha de valor, ela costumava dizer. Eu achava que era feia. A tapeçaria do assento estava toda puída e as pernas de madeira curvas estavam todas arranhadas. Mas mamãe a chamava de "herança" e lhe tirava o pó mais do que de qualquer outra peça de nossa mobília pavorosa. Pelo barulho, a cadeira de tio Randall havia sido feita em pedaços.

— Você ultrapassou o limite, Lot — uivou mamãe, em parte chorando, em parte gritando enlouquecida, como eu nunca ouvira antes.

— Esse barulho. Você está do lado de fora? — perguntou Zack.

Espremendo-me ainda mais no closet e na axila, tentei desesperadamente soar jovial quando disse:

— Ah, *isso*. É uma obra. Estamos fazendo mais um cômodo. Uma cozinha nova.

— Ah. — Zack não parecia convencido.

— Quer acabar? Quer acabar agora? — Mamãe agora estava soluçando.

— Parem! Parem! — Dirk também estava uivando.

— Eu estava pensando se não podíamos nos encontrar amanhã depois da escola — disse Zack. — Sabe, para me ajudar com a redação. Tenho de entregar um trabalho depois de amanhã.

— Saia por aquela porta e você *nunca* mais volta. *Nunca*. Eu fico com a casa e com os carros. Você vai ficar na rua.

Au! Au! Juan estava de volta.

Papai não estava chorando. Percebi também que ele não tinha se oferecido para ficar com o cachorro ou conosco.

— Claro — eu disse a Zack, a voz alta demais. — Seria ótimo. Ótimo. Amanhã.

— Legal. Então...

Eu ouvia papai gritando, mamãe berrando, Dirk chorando e Cão Juan latindo. A única coisa que eu *não* ouvi foi o que Zack Nash me disse em seguida. Só sabia que era uma pergunta e, em pânico, respondi: "Claro!" Ele disse "Tchau" e eu desliguei sem saber que diabos estava acontecendo com a minha família ou com o que eu tinha acabado de concordar em fazer com o garoto do qual agora eu estava um passo microscópico mais perto de beijar para valer.

6

NADINE FEZ LUZES NO CABELO. SEM NEM MESMO ME FALAR. ELA parou no supermercado a caminho de casa, depois da escola, comprou uma tintura na tonalidade "Loura Natural" e se trancou no banheiro depois do jantar para fazer mechas platinadas pelo cabelo comprido e já louro. Sem nem mesmo me falar.

— Sua mãe deixou você fazer isso? — perguntei, incrédula.

— Não exatamente — ela disse, alisando as mechas atrás da cabeça. Então olhou para o relógio e disse: — Nossa, o sinal já vai tocar — e se foi para sua aula. Eu fui atrás dela.

— O que você quer dizer com "Não exatamente"? — perguntei.

— Ela não sabia exatamente que eu ia fazer isso. Quer dizer, ela só soube depois que já estava feito.

Meu queixo caiu. É isso que um namorado em potencial faz com você? Transforma você em uma delinquente juvenil?

— E você fez mesmo assim? O que foi que ela disse? — perguntei, ofegante.

Nadine se virou para mim e franziu a testa.

— Ela disse que estou de castigo até minhas raízes crescerem dois centímetros. Acredita nisso? Dois centímetros!

O segundo sinal tocou. Ambas disparamos para as aulas. No caminho, Nadine disse:

— Nada de telefone, tevê ou e-mail até meu cabelo crescer dois centímetros. Minha mãe é tão cruel. — Então, antes de ir para a sala de sua terceira aula, parou e me perguntou:

— Acha que já vai ter crescido dois centímetros no Halloween? Tenho esperanças de que Curtis me convide para o Baile do Medo.

— Hã. Não sei. — Foi tudo que eu consegui dizer. Estávamos no fim de setembro. Halloween estava a um mês de crescimento de cabelo. Baile do Medo? Isso não é supimpa?

Eu mal consegui chegar a tempo para a aula de História Americana. O Sr. Redfield estava fechando a porta quando entrei correndo.

— Que bom que conseguiu se juntar a nós, Srta. Madrigal — ele disse.

Sentando-me, recuperando o fôlego, tentei me concentrar na aula dele, mas tudo em que eu conseguia pensar, sem parar, era nas mechas louras de Nadine. Como ela pôde? Era tão injusto. Ela já quase tinha um encontro para o Baile do Medo. Qual o problema? Eu já ouvira tudo sobre o Baile do Medo do primeiro ano da Fernando High School. Teoricamente era mais divertido do que a formatura. Parte casa mal-assombrada, parte festa à fantasia, parte baile — como poderia *não* ser totalmente maravilhoso? Mas só as garotas mais interessantes iam ao Baile do Medo acompanhadas por garotos. O restante de nós se fantasiava com as amigas e ia em um grupo. O Baile do Medo é uma das poucas ocasiões em que não há nada de errado em sair com um grupo de garotas. Isto é, o ano escolar tem início em setembro, o Baile do Medo é no fim de outubro... quem poderia já ter um namorado a essa altura? Eu queria chorar. Como isso podia ter acontecido? Como eu a havia perdido tão rápido? Que tipo de melhor amiga descolore o cabelo sem falar nada e planeja ir ao Baile do Medo com um garoto, e não com você?

A caminhada até meu novo armário na Sibéria pareceu interminável. Graças a Deus estávamos no intervalo do meio da manhã. Caso contrário, eu nunca chegaria à aula seguinte a tempo. Meu armário ficava na extremidade mais distante do campus, perto dos novos bangalôs, ao longo de um milhão de corredores abertos tão empoeirados quanto o nosso quintal. Eu mal conseguia colocar um pé na frente do outro sem suar no calor desconfortável. E a última coisa que eu queria era uma mancha de suor em minha blusa favorita, bordada e novinha, e que custara um mês de mesada mais três fins de semana trabalhando como babá. Não quando eu ia estudar com Zack Nash depois da aula.

A Fernando High School, enterrada no pé das montanhas Santa Susana, compensava sua falta de beleza com a enorme extensão. Todos os prédios eram marrons, bege ou de um amarelo fechado. E eram distantes um do outro. Nós a chamávamos de "campus" em vez de "escola" porque soava adulto, como uma universidade, mas também porque um campus é de fato o terreno de uma escola, e a Fernando High certamente cobria muito terreno. Ir de um lado ao outro do campus podia levar, bem, uns 15 minutos de salto plataforma e 10 minutos de tênis. Os alunos com dinheiro levavam skates de fibra e exibiam seus movimentos em ziguezague na frente de todo mundo. Greg Minsky nunca levava o skate.

— Vai ser roubado — ele dizia.

Mas eu desconfiava que era porque ele tinha dificuldade em se equilibrar com a mochila cheia e pesada nas costas. Os garotos que andavam de skate na Fernando High pareciam ter mais dinheiro do que dever de casa.

Mamãe me disse que a área em torno da Fernando High é cheia de história. Como o próprio nome Fernando, que é de um rei espanhol que mandou missionários à Califórnia para domar os nativos e convertê-los em cristãos. O que explica a antiga Missão de São Fernando a alguns quilômetros dali. Parece bem legal de fora, mas eu nunca entrei porque meus pais vivem dizendo: "Devíamos ir à Missão um dia desses", mas "um dia desses" nunca chega. Tudo que lembro do que aprendi sobre a missão na escola fundamental foi que os espanhóis se achavam todos santos e coisa e tal, salvando os índios, mas, na verdade, levaram consigo um monte de doenças que mataram milhares de californianos nativos. O que serve para mostrar que obrigar as pessoas a ser quem você quer que elas sejam é, na verdade, assassinato.

No entanto, tem uma coisa bem legal sobre um cantinho do San Fernando Valley. Na verdade, fica longe do campus, mas os alunos da Fernando High o adotaram como seu: o Cemitério Oakwood. Fred Astaire e Ginger Rogers estão enterrados ali, não um ao lado do outro, mas aposto que ainda dançam juntos na vida após a morte. Se é que existe vida após a morte. Ir ao cemitério depois do anoitecer é um passatempo macabro por aqui. Principalmente depois do Baile do Medo, no Halloween. O que me faz ficar irritada de novo. Se Nadine e Curtis passearem pelo cemitério depois do Baile do Medo, eu vou simplesmente morrer.

Tanto faz. Meu armário ficava a zilhões de quilômetros, mas eu estava me sentindo surpreendentemente confiante, embora minha melhor amiga estivesse se pulverizando diante dos meus olhos. Eu sabia que minha blusa nova estava legal e eu vestia meu short Levi's favorito, lavado o número de vezes suficiente para deixá-lo confortável. Noite passada eu chegara a pegar o esmalte da mamãe emprestado para pintar as unhas dos pés de Vruuum! (Tradução: vermelho-vivo.) Acredite ou não, ficou bem legal. Eu sequei o cabelo de manhã, embora ele já seja liso, para que ficasse *super* liso. Como Zack Nash poderia resistir?

Foi só quando cheguei ao meu armário que minha confiança desintegrou-se em minúsculos pedaços murchos.

— Oi, Bethy.

Carry Taylor estava recostada no meu armário, enrolando em torno de um dedo bronzeado uma mecha do cabelo inacreditavelmente longo, perfeitamente louro e naturalmente liso.

— Agora eu sou Libby — falei, parecendo uma idiota até para mim mesma.

Carrie deu uma risadinha.

— Estava esperando por você... Libby.

— Por mim?

— É, por você. Por que mais eu viria até essa lonjura? Cara, este armário é um castigo ou o quê?

— Meu outro armário...

— É, ouvi dizer. — Carrie parecia entediada quando deu um passo atrás para me deixar tentar lembrar a combinação do cadeado. Ela exerce esse efeito sobre mim. Eu ficava fora de mim perto dela. Eu me sentia insignificante. Tudo em Carrie Taylor era perfeito. Ela não tinha uma única sarda no rosto — nem sequer a menor imperfeição —, apenas uma pele que parecia café com uma porção extra de creme. Seus lábios eram naturalmente rosados. Os cílios eram louros, e ela nem usava rímel. E o short cáqui, enrolado ao ponto do obsceno, revelava pernas bronzeadas tão acetinadas que eu podia jurar que ela as depilava a cada *hora*.

— Zack me disse que você vai ajudá-lo com o trabalho depois da escola — disse Carrie.

— Sim, bem, se eu puder. Quer dizer, vou fazer o melhor que puder. — Por que eu soava tão culpada? Será que Carrie Taylor podia ver que eu queria dar um beijo para valer no namorado dela?

— Isso é muito legal, Bethy.

Deixei a história do nome para lá.

— Obrigada — eu disse, embora não estivesse bem certa da razão por que estava lhe agradecendo.

— Quer dizer, você é tão inteligente e tudo.

— Obrigada — eu disse novamente, embora minha voz soasse um pouco mais fraca. Por que ela estava aqui?

Carrie brincava com um minúsculo coração de ouro numa corrente de ouro no pescoço. Teria sido Zack quem lhe dera?

— Acho que me sinto grata de certa forma — ela disse. — Se eu fosse inteligente como você, Zack nunca seria meu namorado. Você sabe o quanto caras como ele odeiam garotas com cérebro.

Comecei a dizer "obrigada" mais uma vez, mas me detive. Acho que eu havia acabado de ser insultada. Que cérebro! Eu não conseguia nem saber quando levara um tapa na cara. E Carrie Taylor também não acabara de insultar a si mesma? Por que soava tão bem quando ela se chamava de idiota?

— Bem... — foi tudo que consegui pensar para dizer. Meu armário finalmente se abriu e eu tive de me concentrar para descobrir por que estava ali afinal. Ah, sim. Meu livro de geometria. A aula seguinte. Zack Nash e confusão absoluta. — Tenho de ir.

— Eu também — disse Carrie. — Treino da equipe de animadoras de torcida. Dá para imaginar que nos fazem treinar num dia quente como hoje?

— Que revoltante!

— Olhe só para mim, já reclamando. Eu devia me sentir agradecida por me aceitarem na equipe principal! É, assim, *inédito* uma aluna do primeiro ano ser aceita entre as animadoras de torcida principais. Deus, como eu sou ingrata.

— Ingrata? É uma palavra forte demais para uma idiota.

Isso era o que eu queria dizer. Mas não tive coragem, não quando o anel no dedo do pé de Carrie Taylor estava tão perfeitamente posicionado em seu adorável, certinho e bronzeado dedo médio do pé. Carrie não precisava de Vruuum! Suas unhas, das mãos e dos pés, eram naturalmente cor-de-rosa, com meias-luas brancas naturais debruando cada dedo.

Em vez disso, eu disse exageradamente animada:

— Bem, estou indo para a aula. — Horrorizada, percebi que quase falei "aulitcha". Meu short estava meio que embolando entre as minhas coxas. Tentei ajeitá-lo enquanto me afastava, mas embolou ainda mais.

— Ah, Bethy, eu quase esqueci — Carrie me chamou.

Virei-me para ela.

— Tenho um recado de Zack para você — ela disse.

Só de ouvir o nome dele ligado ao meu, os pelos do meu braço sardento ficaram arrepiados.

— Para mim? — gaguejei.

— Zack não veio hoje, mas me pediu que lhe dissesse que ainda quer encontrá-la depois da aula. Na biblioteca.

— Ah. O.k. Legal.

Então Carrie quase me cegou com seus dentes superbrancos, e restou-me navegar a geometria por minha própria conta.

Pareciam duas horas, mas, na verdade, era apenas meia hora. Ainda assim, eu sabia lá no fundo que Zack Nash não iria aparecer.

— Você perdeu o ônibus, querida? — a Sra. Kingsley, a bibliotecária, me perguntou.

— Não. Tenho um encontro com alguém. Ou pelo menos eu *tinha* um encontro com alguém.

Só havia mais uns dois alunos na biblioteca comigo. Era impossível eu não ter visto Zack. Além de tudo, eu verificara cada cubículo umas cinco vezes. No fim, a Sra. Kingsley começou a me olhar com pena nos olhos. Foi quando resolvi ir embora.

— Se um aluno chamado Zack Nash aparecer — eu disse a ela —, a senhora pode, por favor, lhe dizer que eu tinha outros planos e que não pude esperar? — Era uma última tentativa de manter alguma dignidade.

A Sra. Kingsley assentiu e me dirigiu aquele sorriso de pena novamente. Eu podia ver em seus olhos que ela sabia o que eu sabia — Zack Nash me dera um bolo.

Fiz todo o caminho de casa à beira das lágrimas. Eu me sentia tão... tão... *Deus*, eu não *sei* nem como me sentia. Era somente aquele bolo dolorido no meu estômago, como se eu fosse uma perdedora em estado terminal. O que eu estava pensando? Certo, como se Zack Nash algum dia fosse me beijar para valer (ou de qualquer outra forma) ou sequer me tratar como um ser humano.

Quanto mais eu me aproximava de casa, pior eu me sentia. Nossa casa havia se transformado numa zona de combate. Meus pais não estavam se falando. A casa estava cheia de minas terrestres. Um movimento errado, uma palavra equivocada, e nossa vida estaria destruída. Papai havia saído tempestivamente na noite anterior e só tinha voltado para casa quando já amanhecia. Seu tropeço no banquinho para os pés na sala, e o subsequente discurso ininteligível e cheio de xingamentos, acordou todo mundo. Não que alguém tenha se mexido. Como sempre, preparamo-nos para o furacão, para o vendaval que arrancaria o teto de nossa vida a qualquer momento.

— Libby, é você? — A voz de papai me recebeu da sala assim que passei pela porta da frente. Ele não estava bêbado, ainda não, mas eu sabia que ele já tinha tomado umas. Suspirei.

— Sim, sou eu — respondi, seguindo para o meu quarto.

— Venha até aqui, Lib. Seu amigo está aqui.

Amigo? Meu coração parou. Por favor, ah, por favor, se eu já fiz alguma coisa boa na vida, deixe que esse "amigo" seja Nadine.

— Por onde você andou?

A voz era familiar. Desgraçada, nauseante e apavorantemente familiar. Como ao ver um horrível acidente de carro, eu sabia que devia correr para o lado contrário, mas não conseguia resistir. Fazendo meia-volta, andei na direção da sala, incapaz de respirar. E então eu o vi. Uma imagem que eu carregaria comigo marcada a fogo em meus olhos. Ali, sentado numa cadeira da cozinha, ao lado do meu pai semibêbado ainda de roupão, largado numa surrada poltrona de couro falso, ao lado da destruída cadeira da herança de tio Randall e o espaço poeirento e cheio de bolas de pelo no qual antes ficava o velho sofá, no meio de nossa sala de estar nojenta e de nossa vida secreta e patética, estava o garoto que agora eu nunca, nunca mesmo, beijaria. Agora Zack Nash sabia de tudo. Não havia mais onde se esconder.

7

FOI UM PROBLEMA NA COMUNICAÇÃO (HÃ, SEI), UM ERRO INO-
cente (hã-hã), eu que não ouvira direito (ah, *por favor*). Carrie
Taylor insistia que tinha me dito que Zack Nash estaria à
minha espera na minha casa, depois da escola.

— Se eu disse "biblioteca", foi um engano bobo — murmurou ela quando tornei a encontrá-la. — Eu sinto muito se
confundi você.

Eu logo acreditaria que não havia nada de puro em Carrie
Taylor. Absolutamente nada.

Foi horrível.

Foi mortificante.

Foi praticamente obsceno.

Ver Zack Nash sentado em minha casa caindo aos pedaços com meu pai desleixado, meio bêbado, foi o pior momento da minha vida.

— O que quer dizer com por onde eu andei? Onde *você*
andou? — perguntei, o pânico acabando com as boas maneiras.

— Eu estava bem aqui — disse Zack. — Esperando por você.

Cão Juan continuava latindo. *Au! Au!*

— Como é que estão os *dois?* — perguntou papai, devagar demais, perdendo completamente o sentido da conversa. O roupão dele se abriu. Ele o fechou segundos antes que víssemos algo de que *nunca* nos esqueceríamos.

Au! Au!

— Você tem de sair daqui, Zack — eu praticamente gritei. — Quer dizer, nós temos de sair daqui. Quer dizer, você ainda tem tempo para fazer aquele trabalho? Não é tarde demais, é? É?

Zack me olhava boquiaberto. Eu estava obviamente à beira da histeria. Terror, vergonha, culpa, humilhação — todas essas emoções ricocheteavam em minha cabeça como um jogo de *pinball* enfurecido. Todo o meu corpo estava descompensado. Embora em minha cabeça eu gritasse "Cale a boca! Cale a boca! Cale a boca!", eu me sentia definitivamente incapaz de parar de matraquear.

— Podemos estudar na cozinha. Não! Na sala. Não! No meu quarto! Não! Deus, não. No quintal. Não! Hã, quer alguma coisa para beber? Um refrigerante?

— O.k., meu bem — murmurou papai. — Temos Fanta Laranja? — Um chinelo pendia do dedão sem meia. — Com gelo?

Juan continuava latindo. *Au! Au!*

De repente, Rif irrompeu pela porta da frente, batendo-a com força. Seu cabelo estava despenteado, os tênis desamarrados. Ele murmurou alguma coisa sobre o aquecimento global, então seguiu ruidosamente pelo corredor até seu quarto e bateu aquela porta também.

Zack não dava sinais de que fosse se levantar. Embora eu não pudesse culpá-lo. Tenho certeza de que ele pensava que minha cabeça logo, logo, daria uma volta completa e que eu vomitaria sopa de ervilha. Ele pareceu aterrorizado quando me atirei para a frente e o agarrei pelo braço.

— Vamos!

Au! Au!

— Quieto, Juan! — gritei. Misericordiosamente, Juan se calou e nos seguiu, hesitante.

— Prazer em conhecê-lo, Sr. Madrigal — gaguejou Zack, tropeçando enquanto eu o arrastava para a cozinha.

— Ao seu dispor, rapaz — disse meu pai.

Rapaz? A humilhação não terminaria nunca?

Enquanto eu tirava Zack às pressas da sala, papai gritou para mim:

— Não se esqueça da minha Fanta Laranja, Bethy.

— Betsy? — perguntou Zack. — Esse é o seu nome de verdade?

Au! Au!

Ah, Deus, por favor, me leve agora, eu rezava silenciosamente.

Mamãe tinha guardado na garagem a última caixa de Fanta Laranja que comprou, debaixo do saco de vinte quilos de ração que comprou para nosso chihuahua de um quilo e o pacote jumbo de papel higiênico que comprou para nós.

— Eu volto já — disse a Zack, sentando-o à mesa da cozinha. — Não se mexa. Quer dizer, fique aí sentado e eu volto já. Foi o que eu disse, certo? Quer dizer, fique aí na cozinha, se quiser, enquanto pego a Fanta Laranja do meu pai na garagem.

— Ei, o que aconteceu com a obra? — perguntou Zack, inocentemente. — Quando meus pais reformaram a cozinha, levou, assim, meses.

— Obra?

Au!

— A reforma da cozinha que você mencionou no telefone — disse Zack. — Aquele barulho todo.

— Ah, sim, a reforma. — Eu tentava ganhar tempo. Meu lábio inferior pendia como o de Dirk, meu cérebro congelado pelo pânico. Podia sentir os círculos de suor se expandindo em minhas axilas. Na verdade, poucos cômodos no mundo precisavam de reforma mais do que a cozinha dos Madrigal. Mamãe havia forrado a área da mesa com papel de parede da Friendly's. Não o papel com a carinha do Smiley, mas o verdadeiro papel de parede da rede de restaurantes Friendly's, com o nome e o logotipo da Friendly's e tudo. Não, eu não estou brincando. A empresa de construção em que ela trabalhava tinha construído um Friendly's e havia sobrado um rolo de papel.

— Posso pegar isso? — mamãe havia perguntado ao chefe.

— Vai levar para o depósito de lixo?

— Não. Quero levar para casa.

— Para quê?

— Para eu forrar a cozinha com ele.

Ele rira, pensando que ela estava brincando. Foi isso que mamãe nos contou quando trouxe o grande rolo de papel de parede industrial para casa. Nós rimos, imaginando também que ela estivesse brincando. Uma semana depois, fazíamos todas as nossas refeições no ambiente de um restaurante Friendly's. A explicação de mamãe: "Os restaurantes me deixam feliz." Em seguida, ela acrescentou: "Além disso, ninguém vai ver. Só nós."

Quem teria pensado que Zack Nash estaria sentado em uma de nossas cadeiras de vinil, à nossa mesa de madeira falsa, em nosso recanto da Friendly's? Era simplesmente hediondo demais para que alguém imaginasse.

— Na verdade, estamos só começando a obra — expliquei, um fio de suor abrindo caminho lentamente em meio ao meu cabelo. — Foi o que você ouviu. O começo da reforma. A parte da barulhada. É, os, hã, construcionistas não vão começar antes de, meu Deus, umas duas semanas ou algo assim. Pelo menos foi o que nos disseram.

Construcionistas? Ai, nossa.

Zack ficou me olhando.

— Libby! Minha Fanta! — gritou papai da sala. Naquele momento, eu o amei mais do que posso expressar.

— Já vou, papai! — gritei de volta. Então pedi licença e fui para a garagem lutar com a torre de pacotes.

Foi apenas na umidade escura e fresca da garagem que pude voltar a respirar. Fechei os olhos, me encostei na porta, inspirei profundamente e soltei o ar. Comecei a me sentir mais calma, mais humana. Tudo vai dar certo, disse a mim mesma. Zack provavelmente nem percebeu que papai está bêbado. De roupão às quatro da tarde? Isso podia ser visto como coisa de artista.

Por sorte, não precisei desmantelar a torre e os pacotes, afinal. Consegui enfiar a mão embaixo daquelas coisas todas empilhadas e pegar três Fantas. Então, por segurança, peguei mais duas para o caso de meu pai ou Zack quererem repetir.

Meu coração estava voltando ao ritmo normal quando empurrei a porta e retornei à cozinha.

Puoosh! O anel de abertura da lata de cerveja lançou um leve spray no ar. Vi o pomo-de-adão do meu pai subir e descer e o ouvi engolir a cerveja.

— Esquece o refrigerante, Lib.

Eu quase deixei cair as cinco garrafas de Fanta Laranja ali, em nossa cozinha da Friendly's.

— O que está fazendo *aqui*, papai?

Ele respondeu com um arroto profundo e visceral.

— Precisamos estudar! Zack já esperou tempo demais. Precisamos da mesa. Ele tem de entregar um trabalho amanhã. — Eu disparei tão freneticamente todas as razões por que meu pai tinha de sair dali que não percebi que ele havia começado a chorar.

— Vou sentir falta desta pocilga — disse, fungando.

Zack parecia imperturbável com o horror que se desdobrava diante de nossos olhos.

— Minha mãe sentiu a mesma coisa — disse ele, gentil — antes da reforma de nossa cozinha.

— Zack, precisamos ir — eu disse. — Agora. Imediatamente.

— Bons momentos... tantos momentos bons... — Papai bateu a palma da mão na mesa com tanta força que Zack, Juan e eu, todos demos um pulo. — Bem aqui, exatamente nesta mesa.

— Zack, você vai tirar "F" nesse trabalho! — Eu estava praticamente gritando com ele. Cão Juan ficou assustado. *Au. Au.*

— Calma. — Zack se levantou e jogou a mochila no ombro. Papai apertou o cinto no roupão, ficou de pé também e então desabou na cadeira.

— Você é gente boa, Jackie — disse ele, enquanto seu rosto vermelho se retorcia em outra explosão de lágrimas.

Ah, *nossa.*

Leve-me agora, Deus. Um único raio na minha cabeça.

— Aonde vamos? — perguntou Zack enquanto eu o empurrava porta afora.

— Que tal Chatsworth Park? — sugeri, minha língua estalando na boca seca.

— Chatsworth Park? Isso não é longe daqui?

— Por que não andamos por alguns minutos? — sugeri. — Podemos andar e falar... sobre o seu trabalho.

— O.k. — disse Zack em tom de dúvida.

Grata além do que se pode crer, soltei o ar. Meu coração ainda estava disparado, mas fora de casa eu me senti consideravelmente mais calma. Como na calmaria depois de um tornado em um parque de trailers, senti-me estranhamente em paz, embora arrasada. A 15 centímetros de distância do garoto que eu amava, minhas emoções estavam esgotadas demais para que eu me sentisse animada.

— Ótimo, ótimo — eu disse. — Vamos andar.

Assim, andamos. Passamos por um minimercado da 7-Eleven e por um bando de garotos de calças largas matando tempo perto da máquina de gelo. Passamos por uma loja de *donuts* que cheirava a baunilha e açúcar queimado, um tintureiro que fedia a produtos químicos. Estava quente do lado de fora, mas eu não suava mais. O calor, na verdade, era bom. Respirei.

— Escrever um trabalho é como entrar numa discussão e ganhar — eu disse, depois de andarmos em silêncio por alguns momentos. — Você começa dizendo como se sente sobre alguma coisa ou o que deseja provar, e então prova. No fim, você diz: "Está vendo? Eu disse que tinha razão."

Zack deu uma risada. Eu adorava quando ele ria.

— Sobre o que é o seu trabalho? — perguntei.

— Paixão — respondeu ele, e uma faísca de eletricidade percorreu todo o meu corpo. — Temos de escrever sobre algo por que sentimos paixão.

Por favor, Deus, não deixe que o trabalho dele seja sobre Carrie Taylor.

— Quero escrever sobre arremessar — contou ele —, mas não sei como começo.

— Arremessar? Como no beisebol?

— É, sobre ser o arremessador e ficar de pé no monte e saber que o jogo inteiro está nas suas mãos. Para mim, isso é paixão.

Eu sabia tudo sobre isso. Vi Zack jogando uma vez no ano passado. Nadine me fez ir ao campeonato da escola porque gostava do cara na terceira base. Eu mal notei os outros jogadores; meus olhos estavam presos no monte. Zack Nash estava ali de pé, vestindo o uniforme justo, girando o taco nos dedos, cavando o chão com os calços do tênis, ajustando a ponta do boné, olhando simuladamente sobre o ombro para o jogador da base. Então, ele ergueu as mãos bem acima da cabeça, baixou-as na altura do coração e lançou a bola através do campo. Era hipnotizante. Sim, eu sabia tudo sobre a paixão do arremesso.

— O monte do arremessador é o centro do universo — disse ele baixinho. -– É o topo do monte Everest. Quando você está lá em cima, mergulha num silêncio de outro mundo. Isto é, você pode ouvir a multidão, mas ela é uma espécie de ruído de fundo, como a chuva caindo ou algo assim. O que você ouve de fato é o apanhador, falando com você com as mãos, os olhos. Ele conhece você, sabe tudo de você. Está concentrado em cada movimento seu. Sabe dizer se você está aborrecido pelo simples modo como segura a bola. E sabe como acalmá-lo. Sabe o que você vai fazer mesmo antes de você fazer. É um relacionamento de total cumplicidade, como dois amigos íntimos. Quer dizer, a forma como nos comunicamos, como nos conhecemos, é quase como o *amor.*

Eu estava sem fala. Eu queria ser um apanhador, o apanhador dele. Eu ansiava por me comunicar silenciosamente com ele, com minhas mãos e meus olhos. Eu queria abafar todo o ruído de fundo e me concentrar em cada movimento dele.

— Minha namorada acha que sou maluco — disse Zack, rindo. — Ela diz que o beisebol é só um jogo idiota.

— É porque ela é uma loura idiota.

Isto é o que eu *queria* dizer. Mas é claro que não disse. A simples menção à "namorada" dele arruinou totalmente o momento espiritual que eu tinha certeza que Zack e eu havíamos acabado de partilhar. Eu disse:

— Você não precisa de mim, Zack. — Então, editando freneticamente a minha fala, acrescentei: — Isto é, você não precisa de mim para ajudá-lo com a redação. Você já tem tudo aí.

— Aí onde?

— Essas coisas que você acabou de me dizer, isso é poesia. Isso é paixão. Isso é literatura. Simplesmente escreva.

Ele pensou um momento.

— Obrigado — disse finalmente. — Vou fazer isso.

— Por nada.

Esperei algo mais, que ele dissesse: "Eu nunca percebi o quanto você é bonita e inteligente. Como pude deixar de ver?" Em vez disso, ele disse:

— Tenho de ir.

— Ir?

— Tenho uma redação para escrever.

Explodi numa risada — alta demais para a piada. Zack tinha aquela expressão de perplexidade novamente.

— Obrigado, mais uma vez, Betsy — ele disse.

Não o corrigi. Quando Zack Nash me chamou de "Betsy", soava como pura poesia.

8

OUTUBRO FOI UM MÊS INFERNAL NO LAR DOS MADRIGAL.

Foi o maior período de silêncio de que me lembro. Deixou todo mundo assustado. Nem mesmo Cão Juan ousava interromper a tensão em nossa casa com um latido ou um gemido, de tão ruim que era o clima.

— Libby, por favor, me passe os McNuggets — pedia mamãe.

— Libby, quando sua mãe terminar de pegar os McNuggets dela, por favor, me passe de volta, sim? — dizia papai.

— Libby, quando seu pai terminar com o molho de mel e mostarda, você pode passá-lo para esta ponta da mesa?

— Libby, se sua mãe não estiver usando o molho de churrasco, você pode pegá-lo para mim?

Meu braço ia para a direita e para a esquerda na mesa, e eu observava meus pais não olharem nem para mim nem um para o outro. Mamãe mastigava a comida cuidadosamente, como se cada bocado estivesse carregado de explosivos. Papai empurrava os pedaços de comida garganta abaixo com goladas de cerveja. Não creio que ele mastigasse nenhum deles. Rif mantinha a cabeça abaixada e era o último a chegar e o primeiro a sair. E assim seguimos por dias, quase duas semanas, na verdade. Uma noite, vencido pelo estresse de assistir à desintegração do casamento de nossos pais, Dirk caiu no choro.

— Meu melhor amigo está entrando para os escoteiros e eu não posso nem ir com ele — lamentou ele. — Tem de ter uma permissão dos pais.

— Vou escrever a permissão para você, querido — disse mamãe.

Papai disse:

— Libby, se sua mãe já tiver terminado de pegar a pizza, você pode me passar outra fatia?

No sábado de manhã, fui despertada bem cedo pelo inconfundível som de uma serra circular vindo da garagem. Sei o que esse som significa; vejo filmes policiais na tevê. Petrificada, fiquei ali deitada, rígida, na cama, o coração quase saltando do peito. Meu Deus, ele fez, pensei. Esperei ouvir gritos, imaginei o pior. Eu não podia nem mesmo chorar pela minha mãe, ainda não. O choque era muito recente.

Rif espiou pela porta de seu quarto no momento exato em que eu espiava pela do meu. Ambos estávamos aterrorizados. Dirk não estava no quarto dele. Teria meu pai o levado também? Nós seríamos os próximos? O sangue se esvaiu do meu rosto e se acumulou em algum ponto na parte inferior da minha barriga.

— Venha comigo — sussurrou Rif.

Engoli em seco e o segui, apavorada demais para ficar sozinha. Atravessamos o corredor na ponta dos pés, em direção ao gemido hediondo e agudo da serra. Rif ergueu a mão para me deter pouco antes de alcançarmos a porta que dava na garagem. E então perguntou:

— Pronta?

Assenti, mas não estava pronta coisíssima nenhuma. Paralisada pela ideia de ver o que estava prestes a ver, fechei os olhos com toda a força enquanto Rif abria a porta de supetão.

— Bom-dia, crianças!

Assoviando e com os olhos desanuviados, papai cortava pedaços de madeira. A cadeira do tio Randall encontrava-se de pernas para cima na bancada de trabalho, cheia de grampos.

— Pegue essa cola de madeira, está bem, filho? — ele pediu a Dirk.

Surpreendendo-nos, mamãe apareceu com uma xícara fumegante nas mãos.

— Café, Lot? — ela ofereceu.

— Ah. — Ele suspirou, abraçando-a. — Meu anjo da guarda.

Obviamente, eles haviam resolvido as coisas.

Eu me lembro de cada segundo daquele dia, cada milissegundo. Minha família parecia iluminada. Papai era papai novamente. Estava engraçado, charmoso, bobo. Não conseguíamos parar de sorrir. Mamãe preparou ela mesma limonada e sanduíches de queijo e presunto.

— Um *lanchezitcho* para manter o corpo e a alma unidos — disse ela alegremente. E serviu-os numa bandeja, na garagem em que Dirk ajudava papai a consertar a cadeira do tio Randall a fim de ganhar uma medalha de honra ao mérito dos escoteiros.

Eu levei nosso velho rádio para fora e o liguei na tomada acima da bancada de trabalho. Mamãe sintonizou numa estação de músicas antigas e dançou com papai quando tocaram *My Sharona*. Até mesmo Rif bateu o ritmo com o pé. Eu estava tão feliz que tinha vontade de chorar — simplesmente soluçar, como faço às vezes quando Oprah mostra a história de uma mulher que se ergue das profundezas do desespero e encontra o verdadeiro amor em um trabalho voluntário. Eu queria beijar todos da minha família e abraçá-los com força, com todo o meu corpo, como Oprah faz com seus convidados inspiradores.

Naquela noite, mamãe preparou o jantar. E eu ajudei.

— Você pode ligar o grill George Foreman, Libby? — perguntou ela. Eu estava maravilhada. Meus irmãos e eu havíamos nos juntado para comprar um grill para mamãe fazia uns dois natais, mas ela só o havia usado uma vez. "Se ao menos eu pudesse colocá-lo na lava-louça", dizia ela, como desculpa esfarrapada. "Quem tem tempo para lavar um grill à mão?"

Feliz, liguei o George e rasguei um molho de alface para a salada. *Romana*, e não americana. Eu até preparei um vinagrete caseiro. Mamãe temperou cinco peitos de frango e me disse que servisse cinco copos de leite.

— Cinco?

— Papai vai beber leite conosco esta noite — disse ela. Dessa vez, quando disse "papai", soou perfeito.

Tudo estava perfeito.

— Precisa de ajuda com sua fantasia para o Baile do Medo? — perguntou mamãe.

Eu não conseguia nem acreditar que ela soubesse sobre isso. Atônita, gaguejei:

— Não. — E mamãe veio até mim e me envolveu em um abraço. Ela ficou na ponta dos dedos e me beijou o alto da cabeça.

— Tudo vai ficar bem, docinho. Você vai ver.

Nos braços carnudos da minha mãe, sentindo o cheiro dela, eu me senti criança novamente. Lembrei-me de uma ocasião em que ela me levou para um desfile de moda mãe-filha, numa loja de departamentos elegante em Encino. Eu usava luvas brancas e sapatos de verniz preto. Ela usava um vestido cor-de-rosa que me lembrava chiclete. Comemos sanduichinhos de pão sem casca e olhamos as modelos passarem desfilando por nós com as roupas mais lindas que eu já vira. Mamãe também estava linda. Ao levantar os olhos para ela, pensei: Quando eu crescer, quero ser como a minha mãe.

Isso foi quando éramos duas garotas numa família de homens. Líamos a revista *Family Circle* juntas e colecionávamos receitas. Íamos ao shopping e tomávamos sorvete de casquinha. Isso foi quando papai bebia apenas um drinque depois do trabalho, e mamãe comia saladas. Eu era pequena e as coisas eram simples.

Era como se tivéssemos voltado a esse tempo.

Com os filés de peito de frango grelhados e a salada de alface romana na mesa, minha família deu-se as mãos em círculo e fez uma oração. Bem, Rif, Dirk e eu *murmuramos* uma oração, pois já tínhamos esquecido as palavras a dizer. No fim, antes do "Amém", papai abaixou a cabeça e disse baixinho: "Obrigado por minha família, por esta comida e pela força para ser um pai melhor."

Eu quase explodi em lágrimas.

Depois de tanto tempo, tudo parecia tão... tão... *normal*.

Então, a polícia bateu à porta.

A princípio, mamãe estava aliviada por não ser um cobrador.

— Richard Madrigal mora aqui? — o policial uniformizado perguntou a meus pais. O rosto de mamãe abruptamente murchou.

— Nós o chamamos de Rif. Meu filho, o mais novo, o outro filho, não conseguia pronunciar "Rich" quando era bebê, e, bem, o apelido... — tagarelava mamãe.

— Vocês são os pais de Richard?

— O que foi que ele fez? — perguntou papai.

Rif saltou da mesa e correu para o quarto. Eu não mexi um só músculo. Queria ouvir tudo que os policiais estavam dizendo.

— Seu filho foi identificado numa fita de segurança num incidente de furto a uma loja.

— Furto?

— Aparentemente, ele pegou várias caixas de cigarros.

— Cigarros? — mamãe estava boquiaberta. — Meu filho não fuma.

Ao ouvir isso, eu me levantei e atravessei o corredor para ir buscar Rif, mas ele já havia escapado pela janela do quarto. Eu vi marcas de tênis no chão de terra de nosso quintal.

Winnie, a cadela do vizinho, estava se esgoelando de tanto latir.

Arrasada, desabei na cama bagunçada de Rif. Será que nunca teríamos uma refeição em família que não fosse uma aberração da natureza?

*

A Delegacia de Polícia de Chatsworth parece mais uma livraria do que uma delegacia. Os prédios baixos, de tijolos bege, se alinham perfeitamente entre si. Lei e *ordem*, como na série de tevê, pensei quando papai seguia para lá com todos nós no carro.

— Libby e Dirk, vocês ficam em casa — dissera mamãe mais cedo naquela noite, depois de Rif ter voltado para casa e confessado. Bem, ele só confessou oficialmente depois que papai deu um tapa em sua cabeça e uma guimba de cigarro saltou como um milho de pipoca estourado.

— De jeito nenhum eu vou ficar em casa — protestei.

— Nem eu. — Dirk tinha medo de ir a uma delegacia de verdade, dava para ver. Mas tinha ainda mais medo de perder uma saída da família. Eram tão raras em nossa família.

Assim, por volta das oito horas daquela noite, a família Madrigal se amontoou no carro e seguiu até os limites de San Fernando Valley, até a delegacia, para entregar Rif. No caminho, é claro que paramos numa lanchonete de fast-food. Ninguém conseguira comer a refeição caseira de mamãe, a prisão iminente de Rif deixando todos com os nervos à flor da pele.

— Nunca se sabe que tipo de grude eles vão servir na cadeia — disse mamãe, exasperada, a Rif. Então, gritou ao interfone na janela do drive-thru: — Quatro Whoppers, quatro porções grandes de batata frita, um sanduíche de frango, sem pão, quatro Cocas comuns e uma Coca Diet.

Algumas coisas nunca mudam, mesmo quando seu irmão mais velho é um criminoso.

Na recepção da delegacia, Dirk e eu nos sentamos num banco enquanto meus pais desapareciam com Rif e um detetive. Eles demoraram cerca de uma hora. Tenho de lhe dizer: não era nada emocionante ficar ali, ao contrário do que eu imaginara. Passei os primeiros 15 minutos examinando as fotografias coloridas de busto de chefes de polícia passados e atuais. Comprei outra Coca para Dirk na máquina. O resto do tempo eu praticamente o observei balançar as pernas para a frente e para trás debaixo do banco.

— Eu espero nunca ser preso — disse Dirk.

— As pessoas não são presas simplesmente, seu idiota — repliquei. — Elas cometem um crime e são *punidas*. Se você não quer ser preso, não cometa um crime.

Instantaneamente, eu me arrependi do meu tom. Não era muito fraternal, para dizer o mínimo. Eu sempre havia tentado proteger meu irmãozinho sensível da minha família insensível. E aqui estava *eu* sendo má. Estendi os braços e abracei Dirk, enquanto ele mantinha a cabeça baixa, ainda balançando os pés.

— Tudo vai ficar bem, você vai ver.

Ele assentiu, pouco convencido.

— Vai, sim — garanti. — Eu juro.

Por favor, Deus, rezei silenciosamente, faça com que o que eu disse seja verdade.

Por fim, meus pais surgiram da seção interessante da delegacia, seguindo Rif.

— Serviço comunitário — ele resmungou — e aconselhamento.

— E eu requisitei para a família toda — disse mamãe, orgulhosa.

— Todos nós? — perguntei, incrédula. — O que foi que *eu* fiz?

— Um problema com alguém da família é um problema com toda a família — afirmou mamãe, obviamente citando o Dr. Phil. Em seguida, marchou para o carro.

— Não, *não* é! — gritei, correndo atrás dela. — Rif é o ladrão, não eu!

— Eles viciam você em nicotina e depois não o deixam comprar cigarros! — disse Rif. — É uma conspiração para conseguirem que os parques sejam limpos de graça.

Aparentemente, seu serviço comunitário incluía uma sacola de lixo e uma vassoura em Chatsworth Park. No carro, papai virou a ignição e saiu do estacionamento.

— Você teve sorte, Rif. Poderia ter ido para a prisão — disse mamãe.

— Mas nós não tivemos sorte! — eu gemi, repetindo: — O que foi que eu fiz para merecer aconselhamento?

Papai de súbito se manifestou:

— Ela tem razão, Dot. Isso não é justo.

Mamãe fuzilou-o com os olhos. Animada pela resistência de meu pai, prossegui:

— Não. *Não é* justo.

— Na verdade — disse meu pai —, eu não vou participar disso.

— Nem eu — afirmei. — Eu não vou.

— Nem eu — disse Dirk e então, inexplicavelmente, começou a chorar.

— Nós todos vamos — afirmou mamãe.

— Não, não vamos. — Rif havia se engajado na causa. E cruzou os braços na frente do peito.

— Você *com certeza* vai, Rif — disse mamãe. — É uma ordem judicial.

— Uma droga de ordem — replicou Rif. — O juiz estava no *telefone*.

— Que diferença isso faz? — perguntou papai, se irritando.

— Se tivessem permitido que eu me apresentasse ao juiz, eu poderia ter me declarado inocente sob a alegação de conspiração.

— Conspiração. Você foi apanhado numa fita de vídeo enfiando três caixas de cigarro nas calças!

— Pelas quais eu teria pago, se me permitissem!

Dirk chorou mais alto.

— Esta família precisa de ajuda — afirmou mamãe —, e esta é a nossa chance.

— Eu não vou — fiquei repetindo.

— Vamos todos nós — disse mamãe com firmeza —, e isso é uma ordem.

— Uma ordem? Uma ordem? — O carro subitamente ficou muito silencioso. As fungadelas periódicas de Dirk eram o único som além do silvo da fumaça que saía pelos ouvidos do meu pai. — O dia em que eu receber ordens suas, Dot, será o dia em que você vai entrar num tamanho 36.

— Homem grande e malvado — disse mamãe, zombeteira, para papai.

— Não tão grande quanto sua bunda, minha querida — ele devolveu.

Ah, meu Deus.

Lá iam meus pais de novo, retomando essencialmente do ponto em que tinham parado havia algumas semanas, quando papai quebrara a cadeira do tio Randall. Nosso breve intervalo de harmonia familiar chegara ao fim. A antiga e principal atração da família Madrigal — *Pânico* — estava de novo em cartaz. Dirk, Rif e eu tentamos nos encolher ao máximo no banco de trás. Bem, isso não é bem a verdade. Eu tentei desaparecer de todo. No momento em que entramos no caminho marrom em frente à nossa casa bege, meus pais estavam roxos de raiva. Mamãe saltou do carro antes mesmo de ele parar totalmente, bateu a porta e se recusou a falar com meu pai depois disso.

Como eu disse, outubro foi um mês infernal. O único ponto luminoso — e eu digo *único* mesmo — era Zack Nash.

9

A PRINCÍPIO, ÉRAMOS COLEGAS CASUAIS DE OI-TCHAU.

— Oi, Zack — eu dizia quando o via no bebedouro.

— Tchau, Libby — ele dizia quando eu estava atrás dele na saída da aula de geometria.

Ele nunca falou nada sobre meu pai ou o roupão dele ou suas lágrimas piegas. Não creio que ele tenha sequer percebido o sofá ausente ou o quintal de terra. E, depois que juntei coragem para dizer a ele que meu nome não era Betsy, ele nunca mais me chamou assim. Tudo isso me fazia amá-lo ainda mais.

— Tirei B naquele trabalho!

Sem fôlego, Zack veio correndo até meu armário na Sibéria.

— Procurei você no campus todo — ele disse.

Naturalmente, não me ocorreu nada para responder. Um sorriso idiota estava grudado no meu rosto e eu não conseguia parar de ouvir aquelas cinco inacreditáveis palavras em minha cabeça, sem cessar. Procurei. Você. No. Campus. Todo. Ele procurara por mim no campus todo? Por *mim*?

— Muito obrigado, Libby — ele disse. Seus lábios eram cor de framboesa. E seus dentes sempre foram assim tão brancos? Eu queria inclinar minha cabeça para trás, baixar as pálpebras, entreabrir os lábios e deixar que ele me agradecesse devidamente. *Para valer.*

— Eu te devo uma aula de geometria — ele disse.

— Esqueça a geometria. Apenas me beije. Agora. Antes que aquela débil mental da sua namorada apareça e pergunte se cachorro-quente é de fato feito de cachorro.

Isso era o que eu *queria* dizer.

— É — foi o que eu disse.

— Na próxima semana está bom? Depois da escola.

— Perfeito.

Eu estava olhando os cílios dele. Eram longos, curvos e perfeitos. Os cílios de um garoto digno de se beijar para valer.

Nós nos encontramos na biblioteca da escola. Por minha insistência.

— Oi, Sra. Kingsley — cumprimentei, conduzindo Zack pela mesa da bibliotecária antes que fôssemos para um reservado lá atrás estudar. — Eu o encontrei. Zack Nash. Ele estava na minha *casa* no outro dia. Um mal-entendido.

A Sra. Kingsley piscou lentamente. Eu podia ver que ela estava tentando lembrar quem eu era. Zack também claramente se perguntava por que eu estava dizendo isso a ela. Suas espessas sobrancelhas se juntavam a seus exuberantes cílios.

— Vamos começar a estudar agora — eu disse, com um sorriso presunçoso.

Zack já estava a meio caminho de uma mesa nos fundos da sala. Eu me apressei, indo atrás dele e jogando um pedaço de chiclete sem açúcar na boca para ter certeza de que meu hálito estaria fresco como hortelã.

— A geometria trata de tamanhos e formas, em vez de números — Zack foi direto ao ponto. — Você tem meio que *ver* mais do que *pensar* a respeito.

Ele abriu o livro. Sentei-me ao lado dele e abri o meu. Ele não só era maravilhoso, como cheirava a amaciante de roupa.

— Lembra-se dos cinco postulados?

— Aqueles caras na *Última ceia*, de Da Vinci?

— Rá-rá, Libby.

Eu ri, ele riu. Surpreendentemente, eu estava calma o bastante para fazer piada — por mais idiota que fosse. Na verdade, eu me sentia totalmente serena a poucos centímetros do garoto que eu amava. Será que o intenso estresse de ver Zack Nash na minha casa com meu pai de roupão havia matado todo e qualquer medo em mim? Será que era uma espécie de síndrome de *relaxamento* pós-traumática?

— O próximo teste é sobre circunferências e triângulos congruentes.

Soltei um gemido.

— Não se preocupe. Você vai conseguir.

Quando Zack Nash disse isso, eu até acreditei.

Estudamos juntos na biblioteca por cerca de uma hora. Milagrosamente, a geometria começou a fazer sentido.

— Esse é um ângulo de noventa graus! E *aquele* ali também!

— Isso mesmo. — Zack sorriu, exultante, e eu me senti linda.

Dois dias depois, quando o Sr. Puente distribuiu os testes na turma, Zack me dirigiu o polegar levantado. Pela primeira vez desde o começo do semestre, eu estava pronta para fazer um teste de matemática. Pelo menos, agora eu já não me sentia a ignorante da turma. Não quando o assunto eram triângulos congruentes.

Depois que o sinal tocou, quando saíamos da sala, tive de me controlar para não lançar os braços em torno do meu herói, Zack Nash.

— Consegui! — gritei. — Eu entendi! Você é impressionante.

— Eu lhe disse — replicou Zack, tão orgulhoso quanto eu.

Após o triunfo do teste de geometria, nossos oi-tchau eram mais profundos.

— Ei — disse Zack ao passar por mim no corredor. Dessa vez, ele fez um gesto com a cabeça também. Ele pode até ter erguido as sobrancelhas, e todo mundo sabe o que *isso* significa.

— Até mais — eu disse, a caminho do ônibus, tentando soar tão sexy quanto uma garota criada em ambiente desfavorável, geneticamente deficiente, angustiada e irremediavelmente idiota pode parecer.

Quando chegou o Baile do Medo do primeiro ano, Zack Nash e eu estávamos extremamente próximos de sermos amigos de verdade. Tudo que eu precisava era de um pouco de tempo. Felizmente, eu tinha quatro anos de escola pela frente para torná-lo meu. Meu *para valer*.

10

É DIFÍCIL DIZER O QUE ERA MAIS PATÉTICO: NADINE CORRENDO atrás de Curtis no Baile do Medo ou Carrie correndo atrás de Zack.

— Quem é você exatamente? — perguntei a Zack no primeiro momento em que Carrie não estava grudada nele. Fosse qual fosse sua fantasia, ele estava esplêndido. Meu coração batia ao ritmo da banda no palco do ginásio. Ou será que era por estar tão perto dele?

— Eu sou Ga...

Carrie, vendo Zack prestes a pronunciar uma palavra sem ela, correu para o lado dele. Colou a mão na dele, aconchegou-se nele e gritou:

— Do que vocês estão falando? Álgebra?

— É *geometria*, sua idiota.

Isso era o que eu queria dizer. Também queria mencionar que eu tinha tirado um "A" em pré-álgebra, e provavelmente tiraria outro "A" em álgebra no ano que vem, mas isso teria soado tão desesperado quanto ela. Desde que Carrie tentara sabotar minha sessão de estudo com o seu namorado, eu passara a vê-la numa luz completamente diferente. Nem um pouco rosa e agradável. Estava mais para um verde profundo, de inveja. Ela passara a esperar por Zack do lado de fora da sala de geometria e, quando por acaso me via saindo da sala com ele, fazia algum comentário cretino do tipo: "Você ainda precisa de ajuda com o dever de casa, Bethy?" Independentemente de quantas vezes eu lhe dissesse que meu nome era Libby, ela nunca acertava. Dava para ver que Zack ficava constrangido. E também dava para ver que Carrie estava morta de ciúmes, o que era bastante risível. Afinal, ela o tinha de corpo e alma; e eu o tinha por quadriláteros. Ela podia beijá-lo para valer quando quisesse. Eu tinha de me contentar com querer, esperar, rezar e implorar ao universo que Zack Nash um dia largasse Carrie Taylor e então se virasse para mim e dissesse: "É você. Você é a única garota que eu quero." É, até parece.

— Eu estava perguntando a Zack do que ele está fantasiado — eu disse a Carrie no Baile do Medo.

— *Nós* somos Gwen Stefani e Gavin Rossdale! — disse ela alegremente. Zack revirou os olhos. Então era por isso que o cabelo de Zack estava com gel, alisado para trás.

— Não consegui pensar em nada — murmurou ele, como que se desculpando.

— É para isso que eu estou aqui — disse Carrie, beijando seu pescoço e mordendo-lhe o lóbulo da orelha.

Revirei os olhos. Zack parecia tão à vontade quanto um garoto comprando a primeira camisinha.

— E quem supostamente você é? — Carrie me perguntou assim que o lóbulo de Zack estava fora de sua boca. — Einstein? — ela deu uma risadinha afetada.

— Eu sou a Betty. Betty Rubble. Nadine é a Wilma Flintstone.

Zack deu uma risada. Deus, eu adoro quando ele ri.

— Bem Idade da Pedra — comentou Carrie.

— Obrigada — eu disse. — Queríamos fantasias que não deixassem pedra sobre pedra.

Zack riu alto. Cara, eu adoro quando ele ri alto. Estranhamente, eu me sentia calma de novo. Ver Zack sem perder a capacidade de falar, ir ao meu primeiro baile do ensino médio, usar um laço azul gigantesco no cabelo — tudo isso parecia incrivelmente *normal*. Seria possível que o que eu dissera a Dirk na delegacia fosse mesmo verdade? Que tudo *fosse* mesmo ficar bem?

— Vamos dançar! — Carrie rebocou Zack para a pista de dança e eu o observei, constrangido, balançar-se para a frente e para trás enquanto ela rebolava, de forma obscena, esfregando-se nele. Ah, cara. Ela é tão exibida. Quando ser bonita é tudo que você tem a oferecer ao mundo, acho que deve bater uma baita insegurança. Eu tive pena dela. (O.k., eu *tentei* ter pena dela, mas tudo que senti foi raiva por ela ser tão ardilosa e traiçoeira, e você sabe o que mais.)

O Baile do Medo foi superlegal. Tive de dar crédito ao comitê de decoração. Antes de entrar no ginásio, era preciso passar pelo Corredor Assombrado, que estava totalmente no escuro, exceto pelas luzes negras que se acendiam rapidamente todas as vezes que soava um trovão. Alguém teve a ideia superengenhosa de pendurar um milhão de pedaços de corda no teto, com comprimento suficiente apenas para esbarrar na sua cabeça e no seu rosto e matar você de medo. E se ouviam frases de filmes apavorantes, como a que Hannibal "Canibal" Lecter ronrona: "Vou receber alguém para o jantar esta noite."

Mas o que quase me fez voltar para casa correndo e gritando foi a iniciação das "Entranhas" no fim do Corredor Assombrado. Se você tivesse coragem de, às cegas, colocar a mão em três baldes escuros, tinha permissão para entrar no baile. Cada balde era coberto por um tecido preto, no qual havia uma fenda de tamanho suficiente para permitir passar a mão. O primeiro mostrava o rótulo GLOBOS OCULARES. Todas as garotas à minha frente que colocaram a mão ali gritaram. Os garotos bancavam os durões, mas dava para ver que eles queriam gritar também.

— Você primeiro. — Nadine, com um imenso osso de couro preso no cabelo, enterrou as unhas no meu braço. Meu coração batia tão forte que eu tinha meus próprios trovões interiores. Respirando fundo, enfiei a mão na escuridão e quase vomitei. Lá dentro, apalpei bolas escorregadias e viscosas... montes delas. Tirei a mão tão rápido quanto a enfiei.

Nadine fez o mesmo, só que acrescentando um grito tenebroso.

O segundo balde, INTESTINOS, era igualmente escorregadio e viscoso. Quando cheguei ao terceiro, PUS, mal podia esperar para arrancar minha mão dali, correr para o banheiro e lavar aquelas "entranhas".

— Uvas descascadas, espaguete e creme de milho.

Esse foi o consenso a que chegamos no banheiro. Ainda assim, todo mundo esfregou as mãos para tirar as "entranhas" e ficou se sentindo enjoada até a vibração e o calor do primeiro grande baile do ano nos fazer esquecer.

— Você viu Curtis? — uma Nadine sem fôlego, vulgo Wilma Flintstone, perguntou-me enquanto corria para a pista de dança. O osso em seu cabelo ainda listrado com as mechas estava caído para um lado. Ela puxou a parte de cima de seu tubinho de pele de onça.

— Como eu poderia ter visto Curtis? Alguém pode ver Curtis?

— Ah, Libby. — Curtis chegara ao Baile do Medo como o Homem Invisível. O que queria dizer que ele havia enrolado uma bandagem na cabeça, com duas fendas para os olhos e outra para a boca, e usava um dos velhos chapéus de seu pai. Todas as vezes que eu *via* Curtis, ele estava mais e mais desenrolado.

— Não o vejo faz tempo — eu disse a Nadine.

Ela gemeu.

— Mamãe vai nos pegar daqui a uma hora!

O cabelo de Nadine não havia crescido dois centímetros antes do grande Baile do Medo de Haloween. Mas já estava quase lá, e assim a mãe dela afrouxou e a deixou ir ao baile... *comigo*. A Sra. Tilson nos levou de carro até o ginásio, e planejava nos pegar às onze e meia em ponto. O que acabava completamente com os planos de Nadine de beijar Curtis para valer à meia-noite.

— Você não é a Cinderela — eu lhe disse. — Pode beijá-lo às onze.

Exasperada, Nadine gemeu:

— Você não entende.

Ela vinha falando isso muito nos últimos tempos, o que de fato me aborrecia. Só porque você quase tem um namorado não quer dizer que a amiga não possa compreender como é. Isto é, se devidamente explicado.

— Tente me explicar — eu disse, impaciente.

— Um grupo planejou ir ao Cemitério de Oakwood depois do baile.

Ah.

— Um grupo? — perguntei.

— Você está incluída, é claro. Isto é, se não se sentir deslocada.

Enquanto fuzilava minha melhor amiga com os olhos, fiz uma anotação mental: *Eu, Libby Madrigal, juro solenemente jamais fazer uma amiga se sentir mal por não ter um namorado.*

— Não importa, Nadine — gritei acima da música que havia acabado de recomeçar. — Sua mãe vem nos buscar às onze e meia, portanto nenhuma das duas pode ir. — Então, acrescentei: — Vou encontrar alguém para dançar comigo antes que sua mãe chegue.

E eu a deixei, esperando encontrar Greg Minsky ou outro garoto que quisesse dançar com uma garota pré-histórica usando grudado no pescoço um colar feito de bolas gigantes de isopor pintadas para parecerem pedras.

— Quer dançar? — Greg Minsky, Velho e Fiel Amigo, estendeu a mão. Ele estava vestido como Bill Gates, o que significava que estava praticamente como todos os dias.

— Quero — eu disse. — Vamos dançar.

— Quer ir para o Cemitério de Oakwood comigo à meia-noite? — Greg perguntou.

*

Nadine ficou de tromba durante todo o caminho de casa no carro da mãe. Por algum motivo, ela estava aborrecida comigo porque a mãe dela não a deixou ir para o cemitério com Curtis. Como se eu pudesse ter convencido a mãe a deixá-la ficar depois das onze e meia, se ao menos eu tivesse tentado.

Não deixei que isso me aborrecesse. Sabia que Nadine estaria bem pela manhã. Assim, encostei minha cabeça na janela, pensei em como Greg Minsky é um doce, no quanto o Baile do Medo foi divertido, que Zack Nash será sempre uma graça, e em como minha vida estava finalmente começando a parecer meio legal.

— Obrigada, Sra. Tilson — agradeci quando ela parou na frente da minha casa e me jogou um beijo no ar como sempre faz.

— Boa-noite, meu anjo — ela disse.

— Boa-noite, Nadine — eu disse para o banco traseiro. Nadine apenas soltou um grunhido.

As luzes estavam todas acesas em nossa casa, que parecia bastante aconchegante, toda iluminada assim. Eu me sentia feliz até por meus pais ainda estarem acordados, para eu poder lhes contar sobre o Corredor Assombrado.

— Elizabeth?

Mamãe me chamou da sala quando passei pela porta da frente. Eu estava prestes a lhe dizer pela milionésima vez que era Libby, quando entrei na sala e vi que toda a família estava lá. Dirk, Rif, meus pais e Juan.

— Qual o problema? — perguntei, meu estômago se contraindo.

Foi aí que papai jogou a bomba.

11

PAPAI ESTAVA TOTALMENTE SÓBRIO NUMA NOITE DE SEXTA-FEIRA, e essa devia ter sido minha primeira pista de que nossa vida estava prestes a mudar para sempre. O fato de Rif estar em casa antes da meia-noite, num Halloween, deve ter sido a segunda.

Papai respirou fundo e disse:

— Vamos nos mudar.

Por alguns momentos, ninguém disse uma só palavra. Nem um pio. Será que tínhamos ouvido direito?

— Mudar? — perguntei por fim.

— Hã? — foi a vez de Dirk.

— Vamos mudar? — indagou Rif. — Para uma casa nova? De verdade?

— Mudar? — repeti. O nó em meu estômago se apertava.

— É. Mudar.

Perplexos, ninguém se movia. Mamãe tinha os olhos baixados, voltados para as mãos e silenciosamente alisava as unhas postiças.

— É sério? — repetiu Rif.

— É sério — confirmou papai.

— Legal!

— Isso é incrível!

— Um quarto só para mim!

— Finalmente vamos sair desta casa velha!

Dirk e Rif gritavam e faziam algazarra. Rif ergueu a mão e Dirk o cumprimentou. Olhei para minha mãe, que agora girava lentamente a aliança no dedo. Instintivamente, agarrei o assento da cadeira da cozinha que mamãe havia trazido da sala para que eu me sentasse.

— Para Barstow — disse papai, de forma abrupta. Em seguida, desabou em sua poltrona ruidosamente.

— Para onde? — O lábio inferior de Dirk brilhava.

Mamãe fixou o olhar nas bolas de poeira que ainda se mantinham no local onde antes estava o sofá. Rif simplesmente ficou lá sentado, olhando o vazio. Eu de repente arquejei, percebendo só então que estivera prendendo a respiração.

— O quê? — explodi. — Por quê?!

— Esta é uma decisão adulta que seu pai e eu tivemos de tomar — mamãe disse. — Sinto muito por perturbar a vida de vocês, mas não há outra escolha. Vamos empacotar tudo este fim de semana e a mudança será feita cedinho na segunda.

Cedinho na segunda. Essas três palavras ecoavam na minha cabeça. Cedinho. Na. Segunda. Eu não teria chance de me despedir de ninguém na escola?! E quanto a Nadine? E Zack? E os triângulos congruentes? Como isso podia estar acontecendo?

— Sem chance — eu disse.

— Barstow é uma rua perto daqui? — indagou Dirk.

— Eu não vou. — Cruzei os braços com firmeza diante do peito.

— Barstow é uma cidade, seu idiota — Rif disse bruscamente a Dirk. — Fica mais ou menos na metade do caminho entre aqui e Las Vegas.

Minha mãe o olhou, brava. Como é que ele sabia disso?

— Não me interessa onde fica — falei. — Eu não vou me mudar. Vou morar com Nadine.

— Se Libby for morar com Nadine, posso ficar com o quarto dela? — perguntou Dirk.

Lancei um olhar furioso para Dirk. Isso era tudo que eu significava para o meu irmão caçula? Tinha vontade de enfiar um espanador pelo nariz dele. Mas estava chateada demais para fazer alguma coisa.

Perturbar? Minha mãe tinha se desculpado por perturbar nossa vida? Arruinar nossa vida não seria mais preciso? Por que Barstow? E por que agora, exatamente quando Zack Nash e eu estávamos a caminho de nos tornar amigos, o que acabaria por nos levar a sermos namorados para valer?

— O que está acontecendo? — perguntei, quase em lágrimas. — Vocês não podem simplesmente jogar isso assim em cima da gente!

— Ei, vou ser liberado do serviço comunitário! — lembrou-se Rif, sorrindo. — Legal.

— Às vezes os adultos precisam tomar decisões difíceis e adultas — disse mamãe. Papai memorizava os detalhes de seus chinelos.

Meus olhos quase saltavam das órbitas. Eles haviam escolhido justamente esse momento para agir como adultos?

Por que não no mês passado, quando eu precisava de uma carona até a biblioteca e papai sugeriu que eu pedisse carona na rua? Ou quando perguntei à minha mãe a diferença entre um beijo de língua e um beijo comum e ela omitiu a verdade dizendo que no beijo de língua você encostava a língua na bochecha?

— Não estou entendendo o que está acontecendo! — repeti, minha voz desesperada soando como um ganido.

— Não tem nada para entender. Vamos nos mudar na segunda e pronto. — Papai deu um suspiro e se levantou. — Já é tarde. Todos nós precisamos dormir um pouco.

Nadine passou o fim de semana lá em casa chorando.

— Não pode ser verdade! Diga que não é verdade!

— É verdade.

— Não *pode* ser verdade!

— Mas é. — Eu estava entorpecida. Andava como um robô pelo quarto, jogando as coisas em caixas de papelão sem me preocupar se elas quebrariam ou não. Minha vida tinha acabado. Por que eu iria me preocupar em não estragar um aparelho de CD?

— Como é que você pode fazer isso comigo? — gemeu Nadine. — E quanto aos nossos beijos para valer?

Foi aí que comecei a chorar.

— Você vai ter de dar o seu sem mim.

— Não vai ser a mesma coisa se eu não puder contar a você.

— Você me telefona. Se é que existe telefone naquele fim de mundo. — Funguei com força e atirei a luminária na caixa.

Na noite de domingo, as únicas coisas que restavam para ser empacotadas eram os lençóis na cama e a minha escova de dentes. Como zumbis, Nadine e eu deixamos a casa de Chatsworth e perambulamos pelas ruas do bairro num transe emocional.

— Preciso que faça algo para mim, Nadine — eu disse, quando começou a escurecer.

— Qualquer coisa. Basta você dizer.

Parando na calçada, encarei minha melhor amiga e respirei fundo.

— Você pode dizer, por favor, a Zack que eu mandei dizer adeus?

— Zack Nash? O cara da matemática?

— É. Conte a ele o que aconteceu, está bem? Diga a ele que eu nunca vou esquecê...

De repente, Greg Minsky apareceu atrás de mim na calçada. Ele cobriu meus olhos com as mãos, como sempre fazia, o que sempre me irritava. As palmas das mãos dele eram úmidas. Ele as mantinha em meu rosto tempo demais, mesmo depois de eu gritar "Greg! Me solte!" um milhão de vezes. E colava o corpo nas minhas costas, enquanto eu me contorcia para escapar. Eu sentia o cheiro do desodorante dele.

— Greg! Me *solte*! — Sério, eu não estava com a menor disposição.

— Solte ela, Greg. *Meu Deus*. — Nadine o empurrou levemente.

Soltando-me, ele perguntou:

— É verdade?

Passei o polegar sob os cílios inferiores e arrumei a blusa amarfanhada.

— Odeio quando você faz isso.

— *Odeio quando você faz isso* — Greg me imitou numa voz melosa, monótona. Os garotos são tão imaturos. — Libby, é verdade?

— É. É verdade — respondi.

Seu rosto ficou sombrio.

— Puxa — ele disse.

— Eu sei. É uma droga.

— *Puxa!* — Por um segundo, pensei que Greg Minsky fosse chorar. Baixando a cabeça, ele enfiou a ponta do tênis numa rachadura da calçada. Eu me senti péssima. Eu gostava dele, mas ele gostava de mim *daquele* jeito. Essa era a minha vida. Sim, Greg era um garoto legal, mas eu não podia ignorar o amontoado de espinhas em ambos os lados do queixo dele e as sobrancelhas ligadas. Não que eu seja a Miss América. Apenas nunca me senti atraída por ele. Eu sabia que nunca ia querer beijar Greg Minsky para valer. Nunca.

— Aqui — ele disse, ignorando Nadine e empurrando uma carta na minha direção. Eu me sentia enjoada, não sabia o que Greg Minsky tinha a dizer... muito menos numa carta. Então fiquei ali parada. Se eu não a tocasse, não a teria de ler, certo?

— Pegue — ele insistiu. Suspirando, estendi o braço e a peguei.

— Leia — ele mandou.

— Quer que eu leia agora? Assim, na sua frente?

— É. — Lá estava de novo aquela expressão de seriedade em seu rosto. Como daquela vez em que me deu aquele beijo babado. Nadine deu um passo atrás, fungando. Eu me sentia como se tivesse engolido uma pá cheia de lama. Obviamente, ele não ia recuar. Então eu a abri. Bem ali na frente dele.

Greg Minsky tinha escrito um poema para mim.

Uma vez uma vida
Duas almas flutuando, à procura,
cruzando a noite escura.
Uma alma se volta e vê.
Quem está aí?
É você?
Nenhuma resposta.
Olá?
Silêncio.
A sala está vazia.
Está frio, sem cor.
As paredes estão nuas.
O único som é o eco vazio de um coração que bate.

Imediatamente, eu me senti como sempre me sinto quando leio um poema — como uma completa idiota. Não entendi. Ele estava dizendo que éramos duas almas cruzando a noite? Era o coração dele que estava vazio ou o meu? E, ora, ele esperava que eu me concentrasse para decifrar poesia com ele me olhando daquele jeito?

— Entendeu? — ele perguntou.

— É claro — menti. — É linda.

— É um presente de despedida — ele disse. — Para você.

— É linda. — Vasculhei minha mente em busca de algo mais para dizer, porém o que mais eu poderia falar?

Nós três ficamos ali parados num silêncio constrangedor até que Nadine fungou de novo e disse:

— Desculpe, Lib. Preciso ir. Curtis deve ligar.

— Eu também preciso ir — disse Greg. — Tenho dever de casa.

Meus dois amigos me deram um abraço apertado. Nadine beijou meu rosto e disse que me amava; Greg, graças a Deus, não fez nem uma coisa nem outra.

— Telefone assim que puder! — disse Nadine. Então acrescentou: — Não suporto despedidas.

— Nem eu — falei.

Ambos prometeram me visitar assim que pudessem dirigir. Então, assim de repente, os dois se foram. Eu fiquei observando enquanto iam diminuindo cada vez mais na calçada, olhando uma única vez para trás.

parte dois

barstow

12

DE INÍCIO, CHOREI DRAMATICAMENTE NO BANCO TRASEIRO DO Corolla, com um lenço de papel embolado apertado de encontro ao meu nariz vermelho e escorrendo. Mas cada vez que eu me lamentava, Cão Juan levantava a cabecinha e se lamentava comigo.

— Mãe, como é que você pôde fazer iiiiiisso? — eu berrava.

Auuuuuuuuuuuu!, Juan me imitava. *Auuu, auuu.*

O uivo de Juan fazia mamãe, Dirk e Rif rirem, o que me deixava mais louca ainda. Assim, acabei por deixar que as lágrimas corressem silenciosamente pelo meu rosto. Sofri no silêncio mais ruidoso de que fui capaz.

Eu já tinha visto os arredores de Barstow. Na tevê, quando as novas sondas pousaram em Marte e começaram a perambular pelas dunas, enviando à Terra aquelas fotos alaranjadas. Era com isso que a Rodovia Interestadual 15 se parecia. *Marte*. Só que sem o alaranjado. Até onde os olhos podiam alcançar eram poeira e areia e arbustos desordenados pontilhando a paisagem planetária. À medida que nos aproximávamos cada vez mais do esquecimento, eu me sentia tão por baixo que podia andar debaixo de uma cobra com o cabelo da Amy Winehouve. Não havia nem um Burger King por ali. Quer dizer, podia-se *morrer* naquele lugar.

— Vocês só podem estar brincando. — Era tudo que eu conseguia dizer entre as explosões de lágrimas. Repetidamente: — Vocês só *podem* estar brincando comigo.

— É um deserto, querida — disse mamãe, à guisa de explicação.

— Não tem como.

— Verdade. É o deserto de Mojave.

— Eu sei que é um deserto! O que estou dizendo é que não tem como eu viver no meio de um deserto. O que está acontecendo? Por que estamos aqui?

Mamãe ignorou minhas perguntas, assim como vinha fazendo na última hora. Depois de 14 anos vendo-a não nos dizer a verdade sobre todo tipo de coisa, eu sabia que ela podia facilmente não nos contar por que estávamos nos mudando para Barstow durante toda a viagem de carro até lá. E foi exatamente o que ela fez (ou melhor, não fez). Teimosamente, ela fitava além do para-brisa, seguindo papai no caminhão de mudança, com Rif, Dirk, Cão Juan e eu espremidos no carro dela. Ninguém quis ir com papai porque o caminhão não tinha ar-condicionado. Mesmo em novembro, mesmo antes do meio-dia, era mais quente que asfalto ao sol.

Seguimos uma eternidade na estrada. De início, o trânsito era intenso, um motorista por automóvel, celular em uma das mãos, caneca de café na outra — o típico californiano que mora em uma cidade e trabalha em outra. Os habitantes de Los Angeles preferiam passar horas presos no trânsito a serem flagrados em um ônibus. Mamãe não parecia se importar; acomodou seu *traseirovski* no banco do carro e apoiou o cotovelo na janela. Encostei minha cabeça no vidro e deixei Juan lamber as lágrimas do meu rosto.

Na altura de Pasadena, o trânsito se tornara mais esparso e o caminhão de mudança era agora um pequeno quadrado à nossa frente. No entroncamento da Interestadual 15, mal se podia ver papai, tão à frente ele ia.

— Acha que ele está tentando se livrar da gente? — perguntou Rif, brincando.

Mamãe mal conseguiu sorrir.

— Parece que vamos ter de chegar lá por nossa conta — disse ela.

Tirando a cabeça brevemente da janela, assoei o nariz.

Quando a paisagem se tornou lunar, já tínhamos viajado cerca de duas horas. Eu estava exausta, do choro e do desespero. A Fernando High, Nadine, Zack Nash — todos pareciam a zilhões de quilômetros de distância. Cão Juan roncava suavemente no meu colo. Dirk abriu a janela de trás e recebemos um golpe de areia e calor.

— Feche a janela, seu débil mental — disse Rif. O sol a pino, sufocante, fazia com que o ar de Chatsworth parecesse balsâmico. O vento quente e seco nos obrigava a estreitar os olhos. Parar de fumar não estava sendo fácil para Rif ou para nós. Ele estava perpetuamente de mau humor, e arrastava todo mundo com ele.

— Nem plantas vivem aqui — gemi, olhando a desolação que se estendia em todas as direções.

— Você é que é débil mental — devolveu Dirk a Rif, voltando a fechar a janela.

— Continuamos nesta estrada, certo? — perguntou mamãe a Rif. Papai desaparecera havia muito.

Depois de olhar pelo para-brisa, Rif concluiu:

— Não tem nenhuma *outra* estrada.

E assim continuamos. Por fim, vimos um lampejo de branco, depois néon, depois o que parecia um centro comercial à nossa frente.

— É uma miragem, não é? — perguntei com desdém.

— Um centro comercial! — O rosto de mamãe se iluminou. — Um In-N-Out Burger! Crianças, olhem! Del Taco! Querem que eu pare?

— Não — disse Rif. — Dê meia-volta.

Idem para mim.

— Vamos explorar o comércio outra hora — disse mamãe. — Estamos quase lá!

— Quase em lugar nenhum — corrigi. Mamãe continuou a nos ignorar alegremente. Ela saiu da autoestrada, seguindo as placas até Barstow. O que, percebi, não era necessário. Rif tinha razão — Barstow ficava no meio do nada absoluto. É uma cidade antiga, de tamanho médio, cercada pelo plano e infinito deserto da Califórnia. A única forma de você não a ver seria se um gigantesco monte de palha seca rolasse com o vento até a cidade e ficasse preso em um dos feios edifícios marrons de estuque.

Mamãe via de forma diferente. Entrando na Main Street, ela exclamou:

— Aaah, olhem lá a velha estação de trem! Olhem as lojinhas pitorescas!

— Aaah, olhem a loja de tatuagem — eu disse.

— E, olhe, mamãe, ali eles colocam piercings! — exclamou Rif.

— Material militar.

— Facas, novas e usadas!

O olhar de mamãe era uma faca, na verdade uma adaga atirada no banco traseiro. Nós nos calamos, sofremos em silêncio. Juan, tremendo, olhou para mim, depois pela janela enquanto mamãe atravessava o centro de cidade mais triste que eu já tinha visto. As mulheres pareciam motoristas de caminhão; os homens, Hell's Angels. Parecia que o tempo havia esquecido completamente aquela cidade cor de terra. Butch Cassidy e Sundance Kid poderiam estar escondidos naquele lugar há cinquenta anos e ninguém ter-se dado ao trabalho de procurar por eles ali.

— Vocês não conseguem sentir a História aqui? — guinchou mamãe. — Este lugar fazia parte da Rota 66!

— Onde fica a casa nova? — Até Dirk estava ficando impaciente.

— Olhem que lindo o McDonald's! Foi construído em vagões de trem!

Com essa, todos nós gememos. Até o McDonald's parecia velho.

— Estamos chegando? — perguntei, desanimada. Eu mal podia esperar para deitar na minha cama, com a cara no travesseiro, até o dia de ir para a faculdade.

— Precisamos dar uma paradinha rápida primeiro — avisou mamãe.

Gememos ainda mais alto.

Mamãe consultou um pedaço de papel amassado que ela tirou da bolsa e continuou sua excursão.

— Um Wal-Mart! Vocês viram o Wal-Mart, crianças?

— Um parque de trailers! — disse Rif, sarcástico. — Vocês viram o parque de trailers, crianças?

Com isso, mamãe baixou o para-sol e virou à esquerda, entrando no parque de trailers, sob a placa em arco, que dizia BEM-VINDO AO SUNSET PARK.

— Hã-hã, mamãe — eu disse.

— Tudo bem — disse Rif. — Entendemos a piada. Não precisa continuar a excursão de pobre.

Mamãe desconsiderou os lamentos de sua prole. Seguiu pelas ruazinhas do parque, passando por gramados de pedras brancas, gramados de pedras marrons, gramados de pedras bege, grama sintética verde, toldos de metal, mesas de "pátio" feitas de blocos de cimento, cães de guarda de cerâmica, e fileiras e mais fileiras de amplos trailers de metal retangulares.

— Temos permissão para entrar aqui? — perguntou Dirk. Mamãe não respondeu, simplesmente seguiu em frente. As ruas pavimentadas estavam cobertas por areia do deserto.

— Tem uma piscina comunitária — informou ela. — Uma sala de recreação. Olhem! Uma árvore!

Rif e eu nos entreolhamos e soubemos instantaneamente o que estava acontecendo. Mamãe enlouquecera. Ela havia se prendido com o cinto em um velho Toyota e escolhido Barstow, entre todos os lugares, para perder o juízo.

— Que tal um sorvete de *casquitcha,* mãe? — perguntei, com cautela.

De repente, o carro parou com uma guinada.

— Eureca. — Mamãe suspirou. Perplexos, nós a observavamos soltar o cinto, destrancar a porta do carro e pegar a bolsa. Rif e eu simultaneamente viramos a cabeça para olhar além da janela. A parada abrupta havia nos engolido em uma nuvem de poeira que levou alguns segundos para abaixar. Do meio da areia, emergiu a figura de uma mulher, flutuando em nossa direção, vestida com uma túnica laranja esvoaçante, ancorada por um grosso colar de turquesa.

— Nana! — gritou mamãe.

Quem?!

Ninguém se mexeu. Ficamos lá sentados, estupefatos. Exceto mamãe, que se ergueu do Toyota e correu com os braços estendidos e os passinhos miúdos, atravessando a estrada de cascalho, para *beijar e beijar* a senhora enrugada. Meus irmãos e eu ficamos simplesmente olhando as duas.

Au.

— Crianças, venham conhecer a avó de vocês!

Ninguém se mexeu. Até onde eu sabia, todos os meus avós estavam mortos.

Au. Au!

— Venham, turma!

Au! Au.

— Se continuarem sentados aí nesse carro, vão virar três ovos fritos!

Au! Au! Auuu!

Se Cão Juan não estivesse lambendo a boca daquele jeito que me faz saber que ele precisa muito ir ao banheiro, eu nunca teria saído do carro. Teria me recusado a arredar pé até que minha mãe voltasse para o carro, deixasse aquela velha e nos levasse de volta para casa, em Chatsworth, que era o nosso lugar. Eu havia aprendido, estudando o movimento pelos direitos civis na escola, a força que a resistência passiva pode ter. Seria quase impossível desalojar um peso morto no banco traseiro de um carro esporte de duas portas.

Auuu! Auuuuuuuuuu!

— Está bem, seu nanico — falei para Juan. Rif abriu a porta do lado do passageiro e Juan saltou. Lentamente, nós três nos desdobramos, saindo do carro.

— Você deve ser o Richard — disse a mulher a Rif, apertando a mão dele.

— Nós o chamamos de Rif — disse mamãe.

— E você deve ser Dirk — ela se dirigiu a Dirk, que, timidamente, baixou a cabeça e sorriu.

— É. — Ele deu uma risadinha. Rif desapareceu atrás do trailer.

— E você... — Ela deslizou em minha direção como uma arraia laranja gigante. — Você deve ser Elizabeth.

— Bethy — disse mamãe.

— *Libby!* — Lancei à minha mãe um olhar incrédulo.

— Bethy Libby — repetiu Nana. — Que diferente!

— É Libby. Ponto.

— Libby Ponto?

Ai, não. Eu simplesmente olhei para ela. Mamãe interveio.

— Nana, nossa Elizabeth prefere ser chamada de Libby. Agora.

— É claro! — exclamou Nana. — Libby combina perfeitamente com você. Libby Ponto é tão... *pesado.*

A velha senhora segurou meu rosto entre as mãos e me fitou. Seus olhos eram úmidos, mas tinham um azul intenso de lente de contato. No sol ofuscante, o cabelo curto e espetado era tão vermelho que chegava a ser quase violeta. Cada dedo nas mãos ossudas e manchadas era cingido por bolhas de prata e coral. Seus dedos tilintavam quando ela os mexia.

— Absolutamente magnífico — disse ela ao me abraçar. Retesei o corpo.

— Não quero ser grosseira — eu disse em seu ombro —, mas quem é você?

Afastando-se, os olhos da mulher se encheram de lágrimas e ela mordeu o lábio inferior.

— Seus pais nunca falaram de mim? Nunca lhe mostraram nenhuma foto?

Sacudi a cabeça. Mamãe baixou os olhos para os roliços dedos dos pés.

— Sou a mãe do seu pai, Libby. Sou sua *avó*.

Eu apenas continuei a fitá-la. Obviamente, isso era uma pegadinha. Nem mesmo os piores pais do mundo negariam aos filhos uma avó. Negariam?

— Por falar nisso — minha, hã, avó disse, fungando —, onde está o meu filho?

— Ele vai chegar logo — respondeu mamãe sem erguer os olhos. — Tinha algumas, hã, tarefas para fazer.

O rosto da velha senhora ficou sombrio.

— Ah, bem... — Ela suspirou. — Esperei vinte anos para vê-lo. O que são mais vinte minutos? — Então, voltou-se para nós e disse: — Não tem sentido esperar por ele no calor. Venham, entrem, meus queridos. Esperei uma vida inteira para conhecê-los.

Rif tornou a se juntar a nós na frente do trailer, espirrando spray para hálito na boca. Quando passou por mim, dava para sentir que ele não havia deixado de fumar coisíssima nenhuma. Ele seguiu "Nana" e Dirk pela porta de metal do trailer. Mamãe ficou na rua, esperando o caminhão de mudança do papai. Eu não me mexi. Ora, a mulher era uma completa estranha. Minha avó? Morando no mesmo estado todos esses anos? Se isso fosse verdade, meus pais eram ou insensíveis ou psicóticos. Eu não sabia se me sentia furiosa ou se procurava o Juizado de Menores.

— Venha, Libby! — chamou a velha senhora da porta do trailer. — Eu não mordo.

Eu me limitei a fitá-la.

— Juro. Nem uma mordidinha.

Eu tinha de acreditar nela. Que outra escolha eu poderia ter?

13

— DEIXE-ME TENTAR ENTENDER. MINHA AVÓ *NÃO* ESTÁ MORTA?

Mamãe e eu estávamos sozinhas no calor escaldante fora do trailer da minha recém-descoberta avó. Não tinha como me fazer entrar antes que eu soubesse a verdade.

— Não exatamente — respondeu mamãe, a bolsa de couro amarelo envernizado pendendo de seu antebraço.

— Não *exatamente?* Então ela é um clone? Um robô? Uma miragem?

Quanto mais quente ficava lá fora, mais eu me sentia inflamada. Um fio de suor escorreu pela minha bochecha afogueada, parando nos dentes cerrados. Fuzilando minha mãe com os olhos, acrescentei:

— A mulher no trailer é a irmã gêmea desaparecida da vovó?

— Psiu! Ela vai ouvir você.

— Ouvir o quê? Que você estava apenas brincando quando nos disse que ela morreu antes de eu nascer?

Mamãe passou um braço carnudo em volta do meu ombro e me levou pela rua poeirenta de Nana. Cada segundo que passava eu me via mais furiosa e com mais calor.

— A verdade — começou mamãe em voz baixa — é que seu pai e sua avó nunca se deram bem.

Desvencilhando-me do seu braço suado, devolvi:

— E daí?

— Daí que era mais fácil para ele fingir que a mãe havia falecido.

— Mais fácil?

— Você sabe, porque ele não queria falar com ela.

Atordoada até o silêncio, senti o fio de suor pingar do meu queixo.

Sério, eu não podia acreditar no que estava ouvindo. Embora devesse. Era tão... tão típico. Quantos anos tínhamos vivido com o mau comportamento do meu pai? Com que frequência todos nós fingíamos que ele não estava bêbado quando sabíamos que estava? É claro que meus pais prefeririam privar-nos de uma avó a lidar com a realidade! Evitar a verdade é o que fazem melhor. Nossa família é uma grande farsa. Até mesmo no sobrenome: Madrigal. Um madrigal é um poema de amor musicado. Sai dessa. Nossa família não é nenhum poema de amor musicado. Somos mais como um CD largado na calçada num verão de Barstow.

— Quando seu avô morreu — continuou mamãe —, seu pai teve uma, hã, grande briga com a mãe.

Com as mãos nos quadris, perguntei:

— Que tipo de briga?

— Uma briga de família.

— O que isso significa? Silêncio completo por vinte anos?

— É exatamente o que quero dizer! Seu pai não queria que a raiva cozinhasse em fogo brando por anos, por isso decidiu que era melhor para toda a família se fingisse que a mãe havia morrido.

Eu estava boquiaberta.

— Melhor para *quem?* Melhor para nós crescermos sem uma avó? Não teria sido melhor papai superar o problema? Pedir desculpas? Fazer o que tivesse de ser feito para *unir* a família? Não é isso que se espera que os pais façam?

Mamãe voltou a procurar sinal do caminhão alugado de papai.

Cenas de festas de aniversário de criança, manhãs de Natal, almoços de Ação de Graças — todas as ocasiões em que teria sido legal ter uma avó — passaram em flash pela minha mente. Será que ela era alguém com quem eu poderia ter falado sem violar a política do "psiu-não-fale-nada" da família?

A porta do trailer se abriu com um rangido alto e minha avó — não uma irmã gêmea, nem um clone, mas a verdadeira — meteu a cabeça na abertura e chamou alegremente:

— O almoço está quase pronto! — Então tornou a desaparecer e fechou a porta de metal.

Emocionalmente sobrecarregada, minha cabeça parecia um ninho de abelhas. Eu quase podia sentir as sinapses no meu cérebro falhando. Eu queria ou gritar ou me encolher numa bola. Queria ir para casa. Sentia falta de Nadine e de olhar para a nuca leitosa de Zack Nash durante as aulas. Sentia saudade até mesmo de Ostensia e de seus *nachos* fedorentos. O que estava acontecendo? Por que comigo? Justamente quando minha vida tinha afinal começado a parecer normal, sou sequestrada e levada para uma rua quente e areenta no meio do nada, prestes a comer enlatados ou pós de preparo rápido ou o quer que chamem de "comida" num parque de trailers, com uma mulher que eu nunca vi antes, que deu à luz meu pai e que talvez tivesse tornado minha vida mais fácil se tivessem me deixado saber que ela existia.

A vida é pior do que bosta.

De repente, uma nova imagem passou pelo meu cérebro. O pânico se irradiou do centro do meu peito, desceu pelos braços e saiu pela ponta dos dedos. Girei o corpo para ficar de frente para minha mãe, agarrei-a pelos braços flácidos e arquejei:

— Nós não estamos mudando para o trailer da Nana, estamos, mãe?

Mamãe riu alto.

— Não seja boba. Acha que faríamos isso com você?

Sem esperar resposta, ela dirigiu-se gingando para o trailer, dizendo:

— Vamos entrar. Estou morrendo de fome.

Entrar no trailer da minha nova avó foi uma experiência extracorpórea. Foi como passar pelas chamas do inferno e entrar no céu com ar-condicionado. Era *maravilhoso*. Eu não podia acreditar nos meus olhos.

— Não é o maior trailer que você já viu?! — Dirk correu em nossa direção quando mamãe e eu passamos pela porta.

— Nós os chamamos de *casas móveis* — disse vovó. — Embora a única coisa móvel aqui seja o gnomo no jardim da frente, e isso, tecnicamente, porque ele simplesmente caiu.

Dirk tinha razão. Era imenso. Minha família encontrava-se no centro de uma cozinha de aço inoxidável moderna e brilhante. Panelas de cobre polido pendiam do teto; debaixo delas, uma enorme bancada central.

— Essa é uma daquelas geladeiras Sub Zero? — perguntou mamãe, surpresa.

— É! A comida nunca estraga!

Eu não tinha a menor ideia do que fosse uma Sub Zero, mas Nana estava radiante. Meus irmãos e eu nos agarramos uns aos outros, como se estivéssemos acorrentados. Olhávamos boquiabertos para nossa avó, como se ela fosse uma descoberta arqueológica. O que, naturalmente, ela meio que era.

O cheiro era incrível — alho, carne assada, manteiga derretida. Meu estômago manifestou-se com roncos e gorgolejos. Cozidos de dar água na boca cozinhavam no fogão de oito bocas. Nada que se assemelhasse a enlatados ou pós de preparo rápido. No centro do espaço surpreendentemente amplo, uma mesa oval de pinheiro estava posta com um aparelho de porcelana com acabamento de fios dourados e copos de cristal. Eu nunca tinha visto nada tão refinado antes. A cozinha era digna de revista. O restante do trailer devia ser impressionante. Ali já era muito mais agradável do que nossa pobre casa de Chatsworth.

— Meu Deus — exclamou mamãe, tão pasma quanto eu.

— Podemos conhecer o trailer? — A bolsa ainda pendia de seu braço.

— É claro. — Enxugando as mãos, vovó afastou-se da pia e ficou de frente para os quatro parentes. Imóvel, ela deslizou os braços pelo ar. — *Voilà!* Isso é tudo.

— Isso é tudo? — perguntou Rif.

— Lindo! — mamãe engoliu em seco.

— Você mora em uma *cozinha?*

— Rif! — Mamãe beliscou-lhe o braço por trás. — É *lindo!*

Era lindo, mas Rif também tinha razão. O trailer de vovó era uma grande e brilhante cozinha com ar-condicionado.

— Eu sempre quis ter uma cozinha *gourmet* — ela explicou —, então me dei uma de presente. Derrubei as paredes e disse: que diabo! Só se vive uma vez. Por que não viver perto da geladeira?

Ninguém disse uma palavra sequer. Será que ela estava brincando?

— Você dorme na *lavadora de pratos?* — perguntou Rif, com uma risadinha. Mamãe deu um tapa em sua cabeça por trás, e todos arquejamos quando uma ponta de cigarro saltou dali.

— Rif! — gritou mamãe, pegando o cigarro no chão e lançando-lhe um olhar furioso.

— Está tudo bem — disse Nana, ignorando o fato de que meu irmão acabara de ser preso por causa de cigarros. — Minha cama fica ali. — Ela conduziu nosso tropel em torno do conjunto de TV e vídeo montado na parede até um grande armário de carvalho atrás da mesa de jantar. Abrindo a porta, ela nos mostrou a cama retrátil, caprichosamente presa à parede, na vertical.

— Legal — disse Dirk.

— A cama é automática. Ela desce quando estou pronta para me deitar e volta à parede pela manhã.

— Você nunca tem de arrumar a cama? — perguntou Dirk.

— Nunca.

— Maneiro.

— E eu posso me deitar na cama e comer da mesa de jantar se quiser!

— Adorável — repetiu mamãe. A bolsa deslizou de seu braço. — Tem um... hã, banheiro?

— Eu uso a pia.

Ficamos paralisados pelo horror.

— É brincadeira — disse Nana. Ela jogou a cabeça para trás e gargalhou. — Isso sempre assusta as pessoas. O banheiro fica ali. — Ela foi até outro armário no lado oposto do ambiente e abriu a porta. Lá dentro, um minúsculo boxe, um vaso sanitário e uma pequena pia. — Apareceu na revista *Trailer Life!* Um amigo projetou para mim. Não é fabuloso?

— Simplesmente lind... — A bolsa de mamãe bateu no chão com um ruído seco. Ela a deixou ali enquanto se espremia no armário e fechava a porta.

De repente, ouvimos um arranhão na porta da frente.

— Juan! — gritei.

— O neto do vizinho? Convide-o a entrar — disse vovó.

Correndo para a porta, eu a abri rapidamente e encontrei Cão Juan me olhando pateticamente, tremendo no tapete de boas-vindas, os imensos olhos embaciados.

— Ah, bebê, me desculpe por ter esquecido você! — Um trio de cocôs encontrava-se a alguns centímetros dali, como três grandes bombons. Peguei Juan no colo e beijei-lhe a cabeça. — Nana, você tem uma sacola?

Nana avistou Juan.

— Ora, o que temos aqui? — perguntou ela, acariciando-lhe as orelhas enormes.

— Este é o nosso chihuahua, Cão Juan — respondi.

— Ele é um amor! Mas você não precisa mantê-lo numa sacola, Libby. Eu tenho aspirador de pó.

Olhei para ela, pasma. Em seguida, suspirei. É claro que minha avó era completamente pirada! Por que seria diferente?

Subitamente, imaginei a "grande briga" que meu pai teve com sua mãe:

Papai: "Não quero dormir numa cozinha!"

Nana: "Então durma no armário!"

Papai: "Por que não podemos ser normais?"

Nana: "Nós somos normais! Agora ponha o cachorro de volta na sacola!"

Engolindo em seco, segurei Juan e peguei uma folha de papel-toalha.

— Eu volto já.

Fora do trailer de Nana — independentemente do quanto fosse bonito, ainda era um trailer —, limpei a sujeira de Juan, joguei na lixeira mais próxima e decidi abrir mão do almoço. Comida cheirando tão bem assim era perigosa. Tinha cheiro de obesidade. Melhor não saber o que eu estava perdendo. Mesmo que fosse apenas um almoço, eu não podia arriscar. Principalmente agora que tinha a ameaça genética de me tornar uma mulher que *morava* em uma cozinha!

Resolvi caminhar para fazer passar a fome. Afinal, estaríamos numa casa nova naquela noite. O que, naturalmente, significava uma única coisa em nossa família — pizza de pepperoni, muito grande, com muito queijo.

O calor de Barstow era quase insuportável. Fritava as mucosas das minhas narinas cada vez que eu inalava o ar. O asfalto era esponjoso sob meus pés. Juan pendia do meu braço, ou em sono profundo ou desmaiado. Por um momento, eu me perguntei se minha família havia ao menos notado a minha saída. Provavelmente não.

O parque de trailers todo parecia uma bizarra seita de metal. Alinhados um ao lado do outro, na diagonal, cada trailer era praticamente uma cópia de seu vizinho. Eram separados por fossas sépticas bulbosas e unidades retangulares de ar-condicionado. Eu podia ouvir aparelhos de tevê berrando e os inconfundíveis violinos da programação diurna da tevê. Alguém me espiava por trás de uma cortina de renda, mas a fechou rapidamente assim que olhei de volta.

Exceto pelo espião da cortina, a rua de Nana, a Paradise Way, estava deserta. A ausência de vida era fantasmagórica, como se eu de fato estivesse em Marte. Aparentemente as crianças ainda estavam todas na escola.

No momento em que me preparava para desistir e voltar correndo para o ar-condicionado de Nana, algo impressionante aconteceu. Meu corpo começou a parecer leve. Meu estômago parou de roncar. O ar escaldante parecia agradável, como uma sauna revestida de cedro. A purificação via transpiração. Assou minhas entranhas e aquietou o zumbido da ansiedade em meu cérebro. Eu me sentia relaxada, liberta. Estranhamente, a medonha reviravolta que ocorrera em minha vida era agora um indistinto zunido no fundo do meu cérebro em vez de um latejante pingue-pongue de um lado para o outro da cabeça. Meus pulmões se aclimataram ao calor do deserto e agora pareciam aliviados em vez de ressequidos. Inspirei profundamente e desfrutei do crepitar dos pelos no meu nariz enquanto fritavam. Apesar de tudo, comecei a me sentir serena. Esperançosa, até. Milagrosamente, eu me peguei pensando: talvez tudo fique bem.

— Deve ser insolação — brinquei comigo mesma. Então, parei, respirei fundo e senti o peito expandir-se com o calor.

Sim, eu podia tolerar uma visita à minha avó nesse lugar uma ou duas vezes por ano. Não seria assim tão mau. Mesmo que ela fosse doida.

A distância, ouvi vozes e ruído de água na piscina. Ei, *havia* vida em Marte!

— Myrna parece um gato siamês.

À medida que me aproximava sorrateiramente da cerca de tela de aço em torno da área da piscina, ouvia vozes femininas e o *chap, chap* de alguém nadando devagar.

— As orelhas dela se movem quando ela pisca, de tanto que o médico puxou.

Cão Juan e eu nos abaixamos atrás de um arbusto seco e espinhento. As vozes o acordaram. Suas orelhas estavam espetadas no ar.

— Ela me disse que queria parecer mais jovem do que a nova mulher do ex.

Uma senhora numa boia murcha na extremidade rasa da piscina tinha uma cabana de palha em cima da cabeça. Eu nunca vira um chapéu tão grande. Sua amiga idosa estava pintando as unhas do pé debaixo de um guarda-sol perto do trampolim. Elas conversavam, gritando frases de um lado para o outro da piscina.

— A boca parece a do Coringa naquele filme. Qual era mesmo? *Batman?*

Ambas as mulheres usavam maiôs de colorida estampa floral com saiotes. Suas pernas pareciam queijo *roquefort*, e era óbvio que elas precisavam se dobrar muito para a frente a fim de colocar os seios pendulares nos bojos enormes e pontudos dos maiôs.

— As sobrancelhas de Myrna estão em cima das orelhas!

Pequenas orelheiras! — Uma das antigas beldades aquáticas riu tanto que acabou provocando um acesso de tosse.

Au! Au!

— Psiu — sussurrei na grande orelha de Juan.

Lambendo os lábios minúsculos, ele saltou dos meus braços e espremeu o corpinho pelo portão. Aparentemente, Juan agora associava velhas senhoras com comida deliciosa.

Au! Au!

— Cão Juan! Venha cá!

— Que raios...? — A senhora com as unhas dos pés vermelhas ergueu-se da espreguiçadeira e gingou até a cerca apoiando-se nos calcanhares.

— Cão Juan! Venha! — eu disse entre dentes, ainda encolhida atrás do arbusto.

Auuu. Au.

— Que filhote fofinho! — A mulher das unhas do pés abaixou-se para pegar Cão Juan no colo. — Olhe, Charlotte — ela chamou a outra senhora na boia —, lembra do cachorrinho da Taco Bell?

Juan odiava ser chamado de filhote e principalmente de cachorrinho da Taco Bell. Saí de trás do arbusto e entrei pelo portão.

— Seu malandro — eu disse em tom de repreensão, chegando para salvá-lo. Mas a senhora continuou a segurá-lo. — Ele não gosta de estranhos — avisei. Mas, só para me desmentir, Juan delicadamente lambeu a bochecha da mulher e enfiou a cabeça pequenina em sua papada tripla.

— Isso, isso — arrulhou ela. — Eu não sou uma estranha.

— Eu estou de visita — gaguejei. — Preciso voltar.

Charlotte e a velha senhora trocaram olhares.

— Ah, nós sabemos quem você é.

— Vocês me conhecem? — Eu pisquei.

— Estávamos esperando você! É a neta de Elizabeth, certo?

Elizabeth? Seria possível que eu tivesse sido batizada com o nome da minha avó e ninguém tenha se dado ao trabalho de mencionar o fato?

— É uma das crianças Madrigal, certo?

É claro que era possível. Qualquer coisa era possível na política não-pergunte-não-fale da minha família. Deus, eu soubera que minha própria avó estava viva fazia uma hora.

— Hã, certo — respondi.

Charlotte, a senhora da boia, gritou:

— Você tem um maiô debaixo desse short, querida?

Charlotte saiu da boia e apoiou-se pesadamente nos degraus da piscina. Agarrando-se ao corrimão, ela se ergueu, andando tropegamente pelo cimento quente para pegar a toalha. Seus pés pareciam estrelas-do-mar ressecadas. De repente, o jogo de pingue-pongue recomeçou na minha cabeça. Eu queria ir para casa. Ansiava pelas aulas de geometria e pelo nosso quintal sujo. O que Nadine estaria fazendo agora? Será que já me esquecera?

Aborrecida novamente com meus pais por terem arruinado minha vida, estendi as mãos para pegar Juan. A senhora o apertou ainda mais junto ao peito.

— A senhora pode, por favor, devolver meu cachorro?

— Ele é tão gostoso! — A mulher que segurava Juan voltou-se e se sentou na espreguiçadeira com Juan ainda perdido nas dobras de sua pele.

A outra veio mancando até mim, curvou-se para a frente, quase tocando meu nariz com o dela.

— É. Eu vejo a semelhança — disse ela. — Você tem muito de Elizabeth. Deixe-me pegar um maiô para você. Tenho um extra no meu armário.

Ainda pingando, ela fez meia-volta e se afastou, mancando.

— Não posso ficar — gritei atrás dela. — Assim que pegar meu cachorro, vou embora.

Zombando, ela disse sobre o ombro:

— Não se preocupe. Acabei de mandar lavar o maiô. — Em seguida, acrescentou: — Por falar nisso, eu sou Charlotte e o Dr. Doolittle ali é a Mim.

Mim estava ocupada fazendo cócegas debaixo do queixo de Juan. Eu nunca o vira assim tão feliz.

— Prazer em conhecer vocês duas — eu disse, rigidamente. — Mas, hã, minha família deve estar me procurando.

— Deixe o cachorrinho da Taco Bell conosco — pediu Mim. — Ele está adormecendo.

Os olhos de Cão Juan estavam caídos e eu podia jurar que vi sua boca recurvada para cima num sorriso bobo. Traidor.

— Não posso. Estamos mudando hoje e...

— Está tudo bem. Eu o levo mais tarde, quando ele acordar. — Mim agora estava embalando Juan para a frente e para trás. Aquilo que eu ouvi era um *ronco?*

— Somos vizinhas — acrescentou Mim. — Eu moro na Eden Way e Charlotte, na Nirvana. — Ela beijou o topo da cabeça de Juan. — Vocês estão na Valhalla Drive, certo?

— Não. Minha avó mora na Paradise Way.

— Estou me referindo ao *seu* trailer, que fica na Valhalla Drive.

— Nós não temos um trailer — afirmei.

— Ainda não está pronto? — perguntou Charlotte. — Sua avó está enlouquecendo os construtores.

Comecei a ficar enjoada. Por favor, Deus, faça com que a insolação distorça a audição. E, se distorcer, por favor, Deus, permita que eu tenha insolação.

— *Casa móvel*, Charlotte — disse Mim. — Você não quer que essa doce menina pense que vai se mudar para um trailer.

Então, comecei a sentir que ia desmaiar. Juan continuava a roncar serenamente.

— Sua avó lhe falou sobre a grande festa? — Mim me perguntou.

Meu jogo de pingue-pongue interior subitamente transformou-se em um evento olímpico com saques potentes e rebatidas fatais.

— Todo o parque de trailers está convidado para a inauguração do seu trailer. Mim vai levar seus famosos feijões assados, eu vou fazer um bolo...

Num borrão de ondas sonoras, dei um salto para a frente e arranquei Cão Juan das dobras do pescoço de Mim. Assustado, ele acordou e sacudiu a cabeça. Juntos, disparamos para o portão, as imensas orelhas de Juan adejando.

— Não corra em volta da piscina! — gritou Charlotte. — Regulamento do Sunset Park!

14

— COMO VOCÊ PÔDE?! — IRROMPI PELA PORTA DO TRAILER de Nana.

A cabeça de mamãe ergueu-se rapidamente, uma tira de talharim chicoteando-lhe o rosto.

— Aí está você! — disse Nana. — Seu almoço ainda está quente, Libby. Quer um copo de leite? Um refrigerante?

— Algum dia vocês iam nos contar? Pensaram que não íamos notar? — Eu praticamente cuspi a pergunta na cara da minha mãe.

— Libby, Nana fez espaguete de porco selvagem! Ela mesma fez a massa. — Exultante, Dirk arrastou um pedaço de pão de alho quente pelo molho no fundo de sua tigela de massa.

— *Fettuccine* com javali — corrigiu Nana — e azeite de trufa.

— Vocês não vão querer comer quando eu lhes contar o que está acontecendo — eu disse aos meus irmãos. — Nós

151

estamos mudando *para cá*. Para este parque de trailers! Não é para uma casa. É para um trailer.

— *Casa móvel* — disse Dirk, então lançou um olhar amoroso para a avó. Nana sorriu e fez um carinho em sua cabeça. Então ela olhou para mamãe, mas mamãe simplesmente fitava o garfo e lambia a comida dos lábios.

— Você está enganada, Libby — disse Rif, tranquilamente.

— Eu não estou enganada! — explodi. — Estou, mamãe?

Minha mãe engoliu com dificuldade. Cão Juan deixou meus braços e foi sentar-se, trêmulo, nos pés de mamãe, esperando que ela derramasse algo.

— Nem todas as casas móveis são cozinhas grandes, você sabe — disse Nana, delicadamente.

— Eu não posso morar num parque de trailers! — gritei. — Só os fracassados moram em parques de trailers! Nossa casa em Chatsworth já era bastante ruim! Quem imaginou que podíamos descer ainda mais?

Aquilo era doloroso para minha avó, eu sabia. Mas eu estava aborrecida demais para me preocupar com isso. Por acaso ela se importava com o fato de meus pais terem arruinado a minha vida?

— Não — disse Rif. — Você está errada sobre eu não querer comer. Esta comida é incrível. Não importa onde a gente more.

Tudo que me restava fazer era olhar. O que havia de *errado* com essas pessoas? Será que *todo mundo* na minha família estava louco?

Mamãe finalmente resolveu falar.

— Coma alguma coisa, Libby. Vai se sentir melhor.

Meu corpo quase levitava de tão furiosa que eu estava.

— É essa a solução que você dá para o fim da minha vida? Comer porco selvagem?

— Javali — corrigiu mamãe em voz baixa.

O que eu poderia dizer? Eu estava, literalmente, sem fala. Tinha vontade de uivar. Como isso podia estar acontecendo? Agora eu nunca teria um namorado! Meu beijo para valer agora estava perdido para valer — entre as fossas sépticas e os gramados sintéticos.

Irritada demais para conseguir formular palavras, bati os pés, cruzei os braços na frente do peito, tentei impedir com a mente que o incrível aroma entrasse no meu nariz, e lancei a mamãe um olhar mortal.

— Tenho uma ideia fabulosa! — Nana bateu palmas. Seus anéis soaram como um bolso cheio de moedas. — Não vamos esperar Lance. Vamos olhar a casa nova de vocês agora mesmo.

Dirk deu um gritinho.

— Eu vou ter um quarto só para mim?

— Claro! Cada um de vocês vai ter o próprio quarto.

Ótimo, pensei. Mal posso esperar para me trancar no meu.

— Venha. — Nana estendeu a mão para mim. Dirk se adiantou e deslizou a mão gordurosa na dela.

— Eu gosto daqui — disse ele, sorrindo, radiante, para ela.

— Vocês todos vão amar este local, assim como eu amo. Venham comigo.

Amar morar num parque de trailers? Nunca. Sem chance. *Jamais*. Independentemente do quanto eu estivesse louca para provar javali.

Todos arrastaram as cadeiras para trás e se levantaram. Mas, em vez de sair pela porta da frente, Nana nos levou para os fundos do trailer. Demos a volta pela mesa de jantar e passamos pelo armário do banheiro.

Ficando para trás, Rif me disse:

— Você não sabe que o lugar onde você mora não tem importância? A vida é uma droga em qualquer lugar.

Finalmente, alguém na minha família dizia algo que fazia sentido.

Logo depois da porta dos fundos de Nana, havia um minúsculo quintal, com uma cadeira e uma churrasqueira vermelha redonda. O calor instantaneamente me acalmou. Já não me sentia tanto prestes a explodir; estava mais para cobrir a cabeça com um lençol e me sugestionar a um coma.

— É aqui que me bronzeio — disse Nana.

Que visão medonha para os pobres vizinhos, pensei.

Ainda estava terrivelmente silencioso, exceto pelo zumbido dos aparelhos de ar-condicionado. Uma cerca de rede de aço baixa, com um minúsculo portão de vaivém separava dois lotes de trailers. Nana manteve o portão aberto para que passássemos.

— Podemos atravessar pelo quintal dos outros? — perguntou mamãe.

— Você não está atravessando, Dot — disse Nana. — Você está em casa.

— Em casa?

— Em casa?

— *Em casa?!* — Um eco atravessou nossa família. O queixo de Dirk estava caído enquanto ele sorria; Juan deu um passo para o lado a fim evitar o inevitável salpico de baba. Eu senti todo o meu corpo dissolver e fundir-se com o chão.

Mamãe parecia aturdida. Ela estava visivelmente chocada por saber que moraríamos logo atrás da mãe do meu pai. Quero dizer, se você gritasse pela janela dos fundos da casa móvel de Nana, ouviria com toda clareza da nossa casa. As sessões de bronzeamento de Nana agora seriam a *nossa* vista. De repente, recuperei a voz.

— Coma alguma coisa, mamãe — disse com sarcasmo. — Você vai se sentir melhor.

Mamãe nem sequer rosnou para mim; estava atordoada demais.

— Vamos entrar! — Nana estava positivamente feliz. — O ar-condicionado está ligado!

Lá dentro, Nana abriu bem os braços, como se fosse uma apresentadora de tevê.

— Esta é a sala de estar — cantou. — Ali adiante o banheiro. De tamanho normal! Tem até uma banheira. O quarto principal fica nos fundos e, como eu disse, cada um de vocês vai ter o próprio quarto! — Os olhos de Nana eram botões de elevador brilhantes, o sorriso psicótico.

— Onde fica a cozinha? — perguntou mamãe inocentemente.

— Na minha casa! — Minha avó explodia de alegria. — Aí é que está a beleza de tudo! Tirei todas as coisas de dentro do *trailer* e o refiz para vocês! Imaginei que precisariam de quartos mais do que de uma cozinha, assim me livrei dos apetrechos. Naturalmente, comprei um fogãozinho portátil para vocês... — Ela apontou para o canto da sala de estar. — Sabem, para o caso de quererem uma xícara de chá no meio da noite. Não é fabuloso? Já liguei para meu amigo editor da *Trailer Life* e ele vai mandar um fotógrafo assim que vocês estiverem instalados. Não é a coisa mais fabulosa do mundo?!

Novamente, ninguém se moveu. Gotas de suor surgiram acima do lábio superior de mamãe, embora o ar-condicionado estivesse em sua potência máxima. O rosto dela estava afogueado. Agora eu estava assustada. Assim que papai terminasse suas *tarefas* (sei, certo), ele toparia com essa casa nova e descobriria que ela não tem coração. Não só isso, mas que a mulher, cuja morte ele preferira chorar, estava à distância do alcance do nariz. Papai teria um troço. Seria possível abrir um buraco numa parede de metal com um soco?

— Está vendo, querida? — Nana me disse, envolvendo meus ombros com os dois braços. — Vai dar tudo certo.

O abraço dela cheirava a alho. Fiquei rígida como um anão de jardim.

— Isso é o que você acha, porque não tem a menor noção.

Era o que eu *queria* dizer. Mas, em vez disso, fiquei calada. Meu estômago dava cambalhotas; a disputa de pingue-pongue na minha cabeça estava na prorrogação. Eu só pensava em uma coisa: Que injustiça que minha vida tivesse acabado justamente quando estava começando!

Naquele momento, ouvimos o guincho dos freios do caminhão de mudança quando ele parou diante da porta da frente de nossa novíssima casa móvel sem cozinha.

— É Lance? — perguntou Nana animadamente, soltando-me.

Meu coração também começou a dar cambalhotas. Rif desapareceu pelo corredor e o rosto de Dirk ficou todo manchado de vermelho, como se ele estivesse prestes a chorar.

— É melhor você ir — mamãe disse rapidamente a Nana. — Quer dizer — ela suavizou o tom —, nós precisamos nos instalar.

A porta do caminhão bateu quando mamãe gentilmente conduzia Nana na direção da porta dos fundos antes que papai entrasse pela frente.

— Faz tanto tempo que não vejo meu filho que nem sei se vou reconhecê-lo — disse Nana.

Agora mamãe passou o braço pelo ombro de Nana.

— Precisamos dar a ele cinco minutos para relaxar antes da grande reunião de família. Você sabe como é depois de uma longa viagem.

Nana obviamente não sabia como era, mas era esperta demais para questionar. Ou isso ou o fato de mamãe estar praticamente empurrando-a porta afora foi uma dica suficiente. Ela saiu obedientemente, acenou para Dirk e para mim, e se foi num esvoaçante triângulo de tecido, anunciando sobre o ombro:

— O jantar é às sete em ponto. Vou fazer uma sopa indiana de frango com curry.

Mamãe recebeu papai na porta como se estivesse sob o efeito de drogas.

— Oi, querido! — cantarolou. — Você conseguiu chegar! Entre! Entre! Entre!

Meu irmão e eu nos encolhemos no canto de nossa nova e vazia sala de estar.

— Eu me perdi — grunhiu papai.

No momento em que ele entrou na nova casa, sabíamos que ele não havia se perdido coisa nenhuma. Seu hálito era azedo e fermentado. Os óculos estavam prestes a cair da ponta do nariz.

— Então é isto? — ele perguntou.

— Certamente que sim! Olhe como é espaçoso! — Mamãe estava enlouquecida. Suas mãos flutuavam no ar como se estivessem tentando escapar dos pulsos. Eu as observava se agitando, para a esquerda e então para a direita, como numa demoníaca partida de tênis.

— Onde está a mulher? — perguntou papai.

— Ela nos convidou para jantar! — guinchou mamãe. Papai rosnou. Agora as palmas das mãos de mamãe batiam insanas. — Não se preocupe. Temos muito tempo para arrumar as coisas.

Com isso, mamãe voltou-se para nós e agitou as mãos na direção da porta. Entendi que ela queria que a caravana do caminhão para o trailer começasse. Era surreal demais para questionar. Ainda irritada, gritei no corredor chamando por Rif. Ele apareceu, cheirando a fumaça, e saiu em direção ao caminhão aberto. Relutantemente, eu o segui.

— Libby, pegue a outra ponta da mesinha de centro, sim?

— Rif, não me encha, sim?

Meus pais nos meteram nessa confusão, então eles que fizessem a mudança também. Eu não iria levantar nada. Fiquei ali parada, os braços cruzados diante do peito.

— Libby! — Mamãe apareceu, parecendo frenética. Papai estava lá dentro. — Esqueçam a mesa — sussurrou ela. — Encontre o café e a cafeteira o mais rápido que puder. Precisamos deixar seu pai sóbrio antes do jantar.

Papai levou cerca de vinte minutos para se dar conta de que não havia uma cozinha. A cafeteira passava o café num canto do chão da sala de estar. Mamãe agarrava todas as caixas com a etiqueta "pratos" ou "panelas" e silenciosamente empilhava-as perto do fogão portátil. Meus irmãos e eu íamos e voltávamos do caminhão como robôs, esperando que o estopim estourasse. Foi só quando papai e Rif deslizaram a geladeira pela porta do trailer numa plataforma móvel que o espetáculo começou.

— Pode deixar que eu cuido a partir daqui, pai — disse Rif, assim que se viram dentro do trailer. Eu admirei seu esforço e me perguntei onde Rif planejava guardar a geladeira.

— Você não pode cuidar disso sozinho — disse papai. Então puxou o velho jeans de trabalho na cintura, inclinou a plataforma instavelmente para trás e começou a deslizá-lo. Dirk, minha mãe e eu ficamos lá parados, olhando, a boca aberta, como três dispensadores de bala. Papai parou, franziu a sobrancelha e disse: — Ei, espere um minuto.

Foi nesse momento que mamãe concluiu que precisava ir ao banheiro. *Covarde*.

Papai virou-se para mim e perguntou:

— Onde diabos fica a cozinha?

— Interessante você perguntar — eu disse, tentando ganhar tempo, esperando que a descarga soasse no banheiro e mamãe reaparecesse. Mas o único som que ouvi foi o baque da geladeira quando papai a apoiou no chão.

— O que... Dot! Venha aqui.

Agora eu ouvi a descarga.

— Quer café, papai? Está fresquinho. — Apontei para a cafeteira no chão, mas isso só serviu para deixá-lo mais furioso.

— Agora, Dot.

Mamãe reapareceu na sala com o batom recém-aplicado e uma expressão aflita.

— Sim? — ela disse, toda inocência, como se não soubesse o que estava prestes a vir pela frente.

— Eu estava me perguntando, querida, se você podia me levar até a cozinha. É tão difícil de vê-la aqui atrás da geladeira. — Papai não parecia nem um pouquinho bêbado agora. Na verdade, parecia mais do que sóbrio.

— Todos nós temos nossos próprios quartos — disse Dirk, muito perto das lágrimas.

Mamãe respirou fundo.

— Não fique com raiva, Lot — ela começou.

— Raiva? Por que eu deveria ficar com raiva? Alguém *roubou* nossa cozinha? Alguém a vendeu? Você ficou encarregada de cuidar de toda a mudança. Com certeza, você não ia esquecer de se certificar que tínhamos uma cozinha, não é? Não quando a cozinha é seu cômodo preferido da casa.

Lá vamos nós.

Mamãe mordeu o lábio, as lágrimas começaram a surgir em seus olhos.

— Sua mãe... — ela começou.

— Minha mãe? O que tem minha mãe? Eu não lhe disse que só concordaria com esta mudança se minha mãe fosse uma parte mínima de nossa vida? Se eu raramente a visse ou falasse com ela ou mesmo ouvisse falar dela? Não disse?

— Sim — respondeu mamãe suavemente.

— Então por que estou ouvindo o nome dela antes mesmo de ter me mudado?

Oh-oh. Olhei para a janela dos fundos. A mãe dele provavelmente estava ouvindo toda a conversa.

— Sua mãe remodelou o trailer — disse mamãe baixinho.

— Remodelou?

— Sem a cozinha.

— O quê?!

— Papai, todos nós temos nosso próprio quarto! — Dirk explodiu em lágrimas.

Dessa vez, papai gritou:

— Então por que vocês todos não vão para os seus próprios quartos?

Como pilotos de caça numa exibição aérea, desfizemos a formação em uníssono. Pegando Cão Juan, escolhi o quarto na extremidade oposta do trailer, Dirk correu para o quarto ao lado do meu e Rif bateu a porta do terceiro quarto, acendeu um cigarro e soprou a fumaça pela pequena janela de correr. Senti o cheiro imediatamente. Se Dirk estava fazendo o mesmo que eu, ambos tínhamos o ouvido colado à porta.

— Você *confiou* naquela mulher? — gritou meu pai. — Já é ruim o bastante que tenhamos de nos rebaixar e morar num trailer que minha mãe comprou...

— Casa móvel.

— Olhe à sua volta, Dot! Está vendo alguma roda nesta coisa? Eles só chamam de casas móveis para que você possa se iludir que não desceu tão baixo permanentemente!

— Fale baixo, Lot. Ela vai ouvir você.

— Me ouvir? Onde ela está? Escondida no armário com sua vassoura?

— Psiu, Lot. Ela está no trailer aqui ao lado.

— Aqui ao lado? — Meu pai falava como se sua cabeça estivesse prestes a explodir. — Minha mãe está aqui ao lado? Que tipo de imbecil, idiota, débil mental, estúpida...

— PARE! — Mamãe explodiu com um grito de fazer o sangue gelar.

Até mesmo Juan parou de fuçar as coisas, irrequieto. Creio que todo o parque de trailers deve ter-se detido, parado no meio de uma frase, à espera de ouvir o que aconteceria em seguida. Meu coração batia violentamente, querendo sair do peito. Eu não conseguia me mexer, não conseguia respirar.

— Pare! Pare! Pare! Pare!

Mamãe gritou novamente, e então quedou num silêncio mortal, e papai não disse mais nada. O silêncio na casa móvel era tão espesso quanto tapioca.

— Você chegou ao fim da linha, Lot. — A voz de mamãe me assustou. Era tão aguda e incômoda quanto a pele levantada na base de uma unha. — Comigo, com seus filhos, com o modo como você vem vivendo sua vida. O fim da linha.

Papai resmungou alguma coisa que não consegui entender. Alguma coisa num tom indignado. Mamãe o interrompeu.

— Não é culpa *minha* estarmos nesta confusão. Você devia se sentir grato por sua mãe nos acolher.

— Grato? A mulher não fala com o único filho há vinte anos!

— Ah, por favor! Você é que não fala com ela.

— E por que eu deveria? Para ela ficar me dizendo que não posso beber uma cerveja?

Agora, pelo tom de voz, parecia que era a cabeça da minha mãe que iria estourar.

— Não pode beber uma cerveja? Você percebe o que está falando? Seu pai se matou de tanto beber e sua mãe tinha todo o direito de se recusar a assistir ao mesmo acontecendo com o filho. Tudo que ela disse foi que falaria com você quando você parasse de beber. Você deixou que vinte anos se passassem!

Ah, meu Deus. Então essa era a grande briga de "família"! De início, eu não pude acreditar em meus ouvidos. Meu pai manteve nossa avó fora de nossa vida porque não queria deixar de beber cerveja? Ele preferiu fingir que a própria mãe estava morta a desistir da bebida? Então eu me dei conta de que esse era exatamente o meu pai. Uma vez ele não se esquecera de me pegar quando eu estava passando mal na escola porque fora almoçar no El Torito e bebera três tequilas? Eu não fiquei quatro horas dobrada de dor na maca, vendo a enfermeira sentir pena de mim?

Sim, eu podia imaginar meu pai sendo egoísta assim. Afinal, estávamos morando em um trailer! De que outras provas eu precisava?

Quando mamãe continuou, sua voz soava baixa e gelada.

— Você me passou a responsabilidade, e eu *assumi* a responsabilidade, Lot. Você está pronto para isso?

Papai não respondeu. Eu ainda não conseguia respirar, não conseguia me mover. Minha mãe não parecia minha mãe quando disse:

— Eu fiz um trato com a sua mãe. Podemos morar aqui desde que você não beba. Sua mãe nos deu um teto para nos abrigar e uma chance de recomeçar. Ponha uma gota de álcool na boca e estaremos fora daqui. *Sem teto.* Sua família, Lot, vai estar na rua por sua causa. Sua bebida lhe custou o emprego, a casa, os amigos. Continue e vai lhe custar a família também. Você disse um milhão de vezes que pode parar de beber quando quiser. Agora é a hora de provar isso. Você diz que não é alcoólatra. Ótimo, então isso não vai ser um problema. Se for, procure ajuda. Não temos dinheiro nem outro lugar para ir. Agora depende de você. *Só de você.*

A casa móvel de repente vibrou com o *tum, tum, tum* dos passos da minha mãe pelo corredor. Eu quase varei o teto com o pulo que dei quando ela bateu à minha porta.

— Vamos, crianças — ela chamou, batendo à porta dos quartos dos três. — Hora de matricular vocês na escola.

Foi nesse momento que a campainha soou.

— Dê o fora! — papai gritou.

Uma voz minúscula no outro lado da nossa porta da frente de metal soou, esganiçada:

— Eu sou da *Trailer Life*. Estou aqui para fotografar sua casa móvel.

15

A DESERT VALLEY HIGH SCHOOL ERA UMA ÁREA DE CALAMIDADE. Asfalto rachado, tinta descascando, prédios velhos e desgastados de blocos de cimento que mais pareciam *bunkers* do que salas de aula. Tudo era cinzento ou marrom, até mesmo a grama, as árvores e as distantes montanhas Calico.

Chegar lá foi ainda pior.

— Há um limite para o que eu posso aguentar — murmurou mamãe para si mesma, o carro saindo aos solavancos nos sinais verdes, freando bruscamente nos vermelhos. — Ele acha que pode arruinar a minha vida? Euzinha não acho, não.

Um saco aberto de Doritos alojava-se entre as pernas dela. Seus dedos estavam manchados de laranja. Estávamos seguindo em círculos fazia meia hora, passando pelo mesmo minúsculo quiosque de taco, a oficina de amortecedores, o consultório dentário, a seguradora. Ninguém dizia palavra. Exceto mamãe, é claro, que falava principalmente consigo mesma, em resmungos furiosos e guturais.

— Eu estou no meu limite. Já era hora de ele chegar ao dele também.

Finalmente, ela olhou para a direita e para a esquerda além do para-brisa e suspirou.

— Rif, você pode, por favor, pegar o mapa no porta-luvas? Aquela escola fica em *algum lugar* por aqui.

Enquanto Rif procurava, mamãe continuou a dirigir em círculos. Passando pelo minúsculo quiosque de taco, a oficina de amortecedores, o consultório dentário, a seguradora. Sentada no banco traseiro, com Cão Juan no colo, eu via Barstow passar pela janela mais uma vez. Nada parecia melhorar. Eu experimentava tantas emoções — tristeza, medo, raiva, irritação — que era impossível mergulhar completamente em uma única. Bem, havia um sentimento que se elevava acima dos outros: confusão. Uma completa confusão, capaz de entorpecer a mente. Havia apenas uma semana, eu lutava com a geometria, decorando a nuca de Zack Nash. Agora minha vida estava revirada e de cabeça para baixo, totalmente desorientada. Era preciso reunir toda a força que eu tinha para simplesmente manter os olhos abertos e focados, a fim de que pudesse ver as desgraças se aproximando e me desviasse delas antes que me atingissem, *ploft*, bem no meio da cara.

— Este é um mapa da Califórnia, mãe — disse Rif. — Posso levá-la para San Diego ou Sacramento.

— Que dificuldade pode haver em encontrar uma escola? — Mamãe circulou Barstow mais uma vez.

De repente, Dirk inclinou-se no banco de trás e perguntou:

— Papai é alcoólatra?

Prendi a respiração. Juan também. Inclinamo-nos para a frente com Dirk, ouvindo o zumbido do motor e o sopro suave do ar-condicionado. Meus irmãos e eu parecíamos figuras expostas num museu de cera, à espera, presos na expectativa. Eu me sentia animada e apavorada ao mesmo tempo. As palmas das minhas mãos formigavam. Eu esperara por esse momento a minha vida toda. O momento da verdade. Nada mais de omissões. Nada mais de segredos. As coisas agora poderiam se resolver. Minha família finalmente poderia enfrentar o que sabíamos em segredo havia tanto tempo. Mamãe respirou fundo, lambeu os dedos. Nós nos preparamos.

— Lá está! — ela gritou. — A Desert Valley High. Eu devia ter ficado na estrada em que estava antes!

Deixei escapar um gemido. Essa é a história da minha vida.

Senti as lágrimas aflorarem novamente, senti o peito arder. A Desert Valley High fazia a Fernando High parecer um cartão-postal do Havaí. QUERIA QUE VOCÊ ESTIVESSE AQUI. Eu queria estar *lá*.

Mamãe estacionou bem diante dos degraus da entrada. Como era de se esperar, chegamos exatamente às três, no momento em que as portas duplas de metal cuspiam os alunos. Ela parou bruscamente, o carro deu um solavanco e os pneus guincharam, fazendo com que todos nos olhassem.

— Opa — disse ela. — Meu salto ficou preso.

— Não pare aqui! — gritei, me afundando no banco, tirando os óculos de sol da bolsa e colocando-os no rosto vermelho e inchado. Agora meu principal sentimento era a completa e total humilhação.

— Mamãe! Tem um estacionamento!

Ignorando-me, ela disse:

— Vão ser só alguns minutos. — Então saiu do carro, ajeitou o vestido verde-limão justo demais, e levou a chave do carro com ela. Eu queria encolher e me transformar no lenço de papel amassado na minha mão. Melhor ainda: eu queria desaparecer completamente.

— Belo carro, cara. — Alguns alunos passaram por nós, olharam para Rif e riram. Rif levou a mão aos cabelos em busca de um cigarro.

— Vocês acham que eles têm piscina? — perguntou Dirk. Rif e eu reviramos os olhos. Piscina? Essa escola parecia não ter nem mesmo uma cantina. Enquanto a Fernando High era toda espalhada, minha nova escola parecia ter saído de um compactador de lixo. Havia muitas crianças, mas elas estavam espremidas entre os prédios velhos.

Meu coração murchou. Como isso podia acontecer? Como a vida podia continuar *piorando?* Meu espírito parecia uma bola de gude num aquário, afundando rápida e continuamente até o fundo. Espiando pela janela do carro, observei meus futuros colegas em seu hábitat natural. A maioria me parecia composta por baderneiros. Bandidos, sem sorrisos. Garotas com cabelos pretos grossos e rímel preto ainda mais grosso. Garotos com as cabeças raspadas, tatuagens e calças largas demais. Muito assustadores. O que me apavorava mais, porém, era a incrível quantidade de pele. Sim, fazia calor lá fora, mas cara! As garotas usavam shorts curtos com salto alto e blusas de alcinha sem sutiã. Prendiam os cabelos compridos em massas confusas, e riam e tagarelavam como se não houvesse menos do que um escasso metro de tecido entre seus corpos nus e o mundo todo. Dois casais diferentes estavam totalmente agarrados, esfregando-se nos degraus da escola. Na frente de *todo mundo*. Ali sentada, com o interior do carro esquentando cada vez mais, eu me sentia como se estivesse presa numa ferrovia — nada a fazer, exceto esperar que a fumaça branca a distância não fosse a locomotiva.

— Olhe, Libby, achei Wally. — Dirk apontou para um nerd numa camiseta listrada de vermelho e branco, sentado num muro de contenção, lendo um livro intitulado *Cálculo e você*. — Quem sabe agora você finalmente vai ter um namorado. — Resfolegando enquanto ria, Dirk soava exatamente como um javali.

"Wally" não parecia tão mau. Pelo menos não me matava de medo.

A essa altura, toneladas de alunos enxameavam em torno do carro, nos examinando. Alguns apontavam pelas janelas, outros indicavam que havia carne fresca em seu meio fazendo um sinal com a cabeça em nossa direção. Estava tão quente que marcas de suor em círculos se expandiam em minhas axilas. Os óculos de sol deslizavam pelo meu nariz suado.

Através do maxilar cerrado, afirmei:

— Eu não vou ficar aqui. Vou morar com Nadine. Vou entrar para o circo.

Estava cada vez mais difícil respirar dentro do carro. Não ousávamos baixar as janelas, agarrando-nos ao pouquinho que restava do ar condicionado. Justamente quando eu estava à beira da hiperventilação, Rif me arrancou de meu iminente ataque de pânico ao abrir a porta do carro e sair. Dirk, limpando o nariz na manga da camisa, foi atrás dele.

— Aonde vocês vão?! — berrei. Nenhum dos dois me deu a menor atenção. Típico! Eles saíram do carro e deixaram a multidão engoli-los. Com toda a calma do mundo. Rif olhou para a direita e para a esquerda e acendeu. Dá para acreditar? Simples assim. Rif era Rif, independentemente de onde estivesse e de quem estivesse com ele. E Dirk, bem, Dirk basicamente imitava tudo que o irmão mais velho fazia sem pensar muito a respeito. E assim restava eu, a psicótica emocional.

Logo ficou claro que eu sufocaria se continuasse naquele carro sem ar por mais algum tempo. Eu não ficaria lá sentada nem fritaria sozinha. Abri a porta e me contorci para sair do banco traseiro.

— Fique — ordenei a Cão Juan. Mas estava tão quente e a cabecinha dele pendia de forma tão patética que cedi. — Ah, está bem.

Então, eu o peguei no colo, bati a porta do carro e abri caminho atrás de Rif e Dirk, atravessando o estacionamento da escola até a orla de um campo de futebol marrom. Sem ar, ordenei:

— Rif, volte para o carro. — Mas, mesmo enquanto pronunciava as palavras, eu sabia que ele iria zombar de mim. E foi o que ele fez. Dirk, o idiota, botou a língua para fora e meteu as mãos fundo nos bolsos, tentando parecer indiferente.

— Rif... — repeti. Dessa vez, bati o pé no chão. Isso devia bastar.

— Dê o fora — foi a resposta que Rif me deu. Então ele se afastou e se misturou num grupo próximo de garotos à toa. Dirk o seguiu.

— Vocês são novos? — um dos caras perguntou a Rif.

— Vamos ser — respondeu Rif, tragando mais uma vez profundamente antes de esmagar com o pé a ponta do cigarro.

— Legal, cara.

— Espero que sim.

— Que ano?

— Terceiro.

— Falou, mano.

As frases "neandertaloides" estavam me deixando maluca. Fiz meia-volta e saí pisando duro de volta ao carro.

— Sua namorada? — ouvi um deles perguntar.

— Minha *irmã*.

— Ah, cara.

— É sério.

Mamãe ainda não tinha voltado. Alguns minutos? Sei, certo! Juan ofegava e eu suava tanto que meu cabelo estava colado na testa. Todos me olhavam, falando com a mão na frente da boca. Corri para o carro, entrei e fiquei lá sentada, como uma bola de massa de pão no forno.

— A garota e o vira-lata são dois *tamales* quentes — ouvi alguém dizer. Em seguida, ouvi muita gente rindo. Totalmente vermelha, baixei a janela, mas de nada serviu. O ar estava tão abafado que Juan e eu tivemos de sair do carro antes que nós dois desmaiássemos.

— Aaaah, que *gracinha!*

Eu congelei.

— Olhe, Sylvana, o cachorro da Taco Bell!

Ai, Deus.

Antes que eu pudesse me virar, um enxame estava em cima de mim. Deviam ser apenas umas três ou quatro garotas, mas pareciam centenas. Cão Juan e eu fomos instantaneamente engolfados em colônia CK, brilho labial, gritinhos e pele. Muita pele.

— Ele é uma gracinha.

— Olhe que filhote fofinho!

— Posso segurá-lo?

— *Primeiro,* ele *não* é um filhote. E odeia ser chamado de filhote. Não é culpa dele ser tão pequeno. Você chama as pessoas baixinhas de bebês? Não? Foi o que pensei. *Segundo,* nós o compramos anos antes daquele estúpido anúncio da Taco Bell. Ele *não* é o cachorro da Taco Bell. Ele é *Cão Juan,* um belo canídeo por seu próprio mérito. *Terceiro,* minha mãe vai chegar a qualquer momento e nós precisamos ir, voltar à nossa vida completa, longe deste depósito de lixo. Portanto, em resposta à sua pergunta: não, você não pode segurá-lo. Ele é meu e odeia garotas chamadas Sylvana de cabelo comprido e liso, pernas bronzeadas e umbigos planos com aros de ouro projetando-se deles.

Era isso o que eu *queria* dizer.

Mas o que eu disse foi:

— Sim. Tudo bem. — Então fiquei lá parada. Como uma palerma. Deixei-as passar Cão Juan de um conjunto de unhas pintadas em tom pastel a outro, como se ele fosse uma espécie de bola peluda e trêmula, ou coisa parecida. Foi o que fiz, sentindo-me tão pequena e envergonhada quanto tenho certeza de que Juan se sentia.

— Posso colocá-lo no chão um pouquinho? — perguntou uma das Sylvanas.

— Bem...

Ela pousou as pequeninas patas dele num pedaço de grama quente, espinhenta e morta, e ele começou a pular pateticamente.

— Que *gracinha!*

Antes que eu pudesse me abaixar para salvá-lo, Juan arqueou as costas, aproximou as patas traseiras das dianteiras, e disparou um. Diante de Deus e das Sylvanas e de toda a D. V. High, Cão Juan *fez cocô.*

— Ah — uma das garotas cobriu os dentes brancos e abafou uma risada.

— Eca — disse a outra.

Com o rosto cor de beterraba, perguntei com dificuldade:

— Alguém tem uma sacola?

Elas pareceram confusas, como se eu quisesse levar aquilo para casa ou coisa parecida.

— Ou lenço de papel, pedaço de papel, embalagem de chiclete, qualquer coisa? — Minha voz estava enfraquecendo.

Ninguém disse palavra. Elas me fitavam como se eu tivesse estragado a festa. Juan estava radiante. É, *ele* estava se sentindo bem.

— Este carro é seu, senhora?

Dando meia-volta, vi um policial parado na frente do nosso carro. Em seus óculos espelhados, eu podia ver meu minúsculo rosto arroxeado.

— Hã... não... é... hã, da minha mãe.

As luzes estroboscópicas no teto do carro da polícia haviam atraído a atenção de toda a escola. Ora, será que ele ia me prender? Será que o Robocop não estava exagerando no cumprimento do seu dever? Eu queria morrer.

— Você não pode estacionar aqui — ele disse. — Os ônibus escolares param aqui.

— Ah. Bem... minha mãe...

— Vamos — Sylvana chamou as amigas. As outras Sylvanas assentiram e evitaram o cocô de Juan, afastando-se de mim o mais rápido possível.

— Você vai limpar isso? — o policial me perguntou, apontando os pequenos bombons que Juan deixara na grama. Agora estávamos cercados por uma multidão crescente de alunos silenciosos e boquiabertos. Ergui os olhos e vi Wally com seu livro de cálculo debaixo de um dos braços e um sorriso de superioridade no rosto.

Deus, por favor, me leve agora.

— Bethy? — Sua voz atravessou a multidão, em pânico e estridente. — Bethy?!

Os alunos recuaram, como a maré baixa, e abriram caminho para minha mãe. Os dedos abertos, o vestido verde justo amassado, o dedinho do pé projetando-se para fora da sandália de salto alto, mamãe adiantou-se, apressada, o rosto afogueado de preocupação.

— O que aconteceu?

— Nada, mãe, nós... — Antes que eu pudesse dizer algo, ela deu mais um passo fatal e pisou bem no centro do *cocozitcho* de Cão Juan.

— Eca — gemeu a multidão em uníssono. Virando o rosto, rezei silenciosamente por um ataque cardíaco rápido e potente para me arrancar da minha desgraça.

— Que diabos? — Mamãe olhou para baixo. — Ah, Bethy!

— Ah, Bethy! — Alguém no meio da multidão a arremedou em voz alta. Era Rif.

Não o tipo de infarto do qual você possa se recuperar, por favor, e sim a morte instantânea e definitiva.

— Vão embora, crianças. A festa acabou. — O policial evitou a panqueca de cocô e dispersou a multidão.

— Ah, que cocô de festa — alguém brincou e todo mundo gargalhou.

Mamãe tirou a sandália e raspou a sola no meio-fio enquanto Juan subia o morro com o grupo.

— Juan! Volte aqui, seu nanico! — Juan, parecendo assustado, ignorou minha mãe e apressou o passo. — Bethy, vá pegá-lo.

— Rif, vá pegá-lo! — eu disse.

— Dirk, vá pegar o cachorro.

Dirk, o mais baixo na hierarquia dos Madrigal, subiu o morro para pegar Juan, que havia enfiado a cabeça dentro da sacola de lanche de alguém.

— Onde estão as chaves, mãe? — Tudo que eu queria fazer era me enfiar no banco traseiro, ligar o ar-condicionado e ficar lá até a faculdade.

— Você pode pelo menos me dar um lenço de papel? — A sandália perfumada pendia de um dedo roliço.

— Aqui. — Rif apareceu do nada com um lenço limpo na mão. O príncipe encantado.

— Obrigada — disse mamãe a Rif, lançando-me um olhar de desprezo.

O que foi que eu fiz?

— As chaves, mãe?

— Seu cachorro, senhorita? — uma voz desconhecida falou às minhas costas. Fazendo meia-volta, de repente eu me vi com a criatura mais maravilhosa que eu já vira. O.k., risque isso. Ele não era nenhum Brad Pitt, Leonardo Dicaprio ou Zack Nash. Não era do tipo lindo de morrer à maneira tradicional de Hollywood. Era um tipo *profundo*, sensível. Eu podia ver isso. Ele usava óculos, mas eram de um tipo muito maneiro. A camiseta estava para fora do short, que era largo mas bem passado, mocassins novos. O garoto tinha cabelos louros, unhas branco-peroladas e firmes veias que serpenteavam por toda a extensão dos braços naturalmente musculosos.

Esse era um garoto que eu com certeza podia beijar para valer.

— Senhorita?

— Eliza*beth*. — A voz impaciente de mamãe parecia um palito no meu ouvido.

— O quê?

— Pegue o cachorro.

Ah. De repente tive consciência de que o garoto ainda mantinha Cão Juan estendido na minha direção. As perninhas de Juan se agitavam freneticamente, o pescoço se esticava. Ele parecia uma barata de barriga para cima.

— Ah! Desculpe. — Corando instantaneamente, peguei meu cachorro. — Este é o Juan. — *Ótimo, Libby, isso, apresente seu cachorro!*

— Eu o encontrei na sacola do meu lanche — disse o garoto. — Parece que Juan gosta de sanduíche de sobras de bolo de carne mais do que eu.

Ri alto demais e tempo demais para a piada.

— Elizabeth, pegue a droga do cachorro, vá buscar seus irmãos e entre no carro.

Mortificada, gaguejei um desajeitado "obrigada" e lancei um olhar furioso para minha mãe enquanto lutava para deslizar graciosamente sob o cinto, no banco traseiro de nosso carro velho e desprezível. *Ela* que vá buscar meus irmãos, pensei. Por acaso sou babá deles?

Assim que me vi acomodada, olhei pela janela para ver o garoto que acabava de substituir Zack Nash em meus sonhos, um sério candidato a meu beijo para valer. Mas ele já tinha sumido. Suspirei. Juan suspirou também, enroscou-se no meu colo e lambeu os lábios. Para minha total perplexidade, eu me peguei pensando que talvez Barstow não fosse assim tão ruim, afinal.

16

— LANCE!

Vestida numa túnica limpa, de um verde-limão ofuscante, Nana envolveu completamente meu pai em tecido. As lágrimas corriam por suas bochechas enrugadas e marrons.

— Meu menininho, Lance!

Prendi a respiração, preparando-me para outra explosão. Papai disse simplesmente:

— Mãe. — E então se soltou do abraço dela.

— Deixe-me olhar você — disse Nana, a voz estridente, esvoaçando atrás dele.

Mamãe, pálida de pânico, correu para a mesa no centro do trailer-cozinha de Nana.

— Alguma coisa está com um cheiro esplêndido! Podemos nos sentar em qualquer lugar?

— Você parece cansado — disse Nana a meu pai. — Tem sido duro, não é?

— Rif, você se senta ali. Libby, sente-se ali...

Ninguém se mexeu. Olhávamos boquiabertos papai e sua mãe. Nana continuava a pegá-lo; ele continuava a recuar. Papai já estava quase espremido contra o armário-banheiro quando Nana disse:

— Estou tão orgulhosa de você, filho. Há quanto tempo está sóbrio?

— Que tal eu me sentar *aqui* e, Dirk, você se senta *lá?* — A voz de mamãe guinchava como uma longa derrapagem. Ela nos lançou um olhar sombrio que dizia: Sentem-se. *Agora.*

Nós nos sentamos.

Papai não disse nada, passou pela mãe, esquivando-se, e sentou-se na extremidade oposta da mesa grande.

— Tudo que importa é estarmos aqui agora, certo, Lance? A família toda. — Nana espalhou as últimas lágrimas pelo rosto com as costas da mão.

— Lot — murmurou papai, estendendo a mão para uma das terrinas fumegantes e aromáticas no centro da mesa.

— Sim. — Nana fungou. — Tem um lote dessas aí, suficiente para todo mundo.

— Meu nome agora é *Lot* — disse papai. — Lance morreu há vinte anos.

O jantar daquela noite foi tão tenso que quase se partiu. Meus pais não estavam se falando, nós não ousávamos dizer uma só palavra, e minha avó ignorava o fato de que sua recém-descoberta família estava em vias de se desintegrar.

— Todo mundo já arrumou suas coisas? — perguntou ela alegremente.

Papai bebeu um excesso de refrigerante durante todo o jantar. Ele jogava a cabeça para trás, abria a boca e despejava o líquido gaseificado diretamente goela abaixo.

— Isso não pode ser bom para você, Lance — disse sua mãe.

Papai respondeu com um profundo, redondo e gasoso arroto.

— Não tem importância — disse Nana. Então repetiu, assim pela milionésima vez: — Eu estou tão feliz de finalmente ter você em casa. — Com olhos de cachorrinho, ela ficava de pé e estendia a mão sobre a mesa para apertar a dele. Ele a tirava do caminho.

Minha escala Richter emocional já havia registrado um megaterremoto e vários abalos secundários naquele dia. Na hora do jantar, eu estava exausta. Não sentia muita coisa. Exceto fome.

Gastronomicamente, minha avó era impressionante. Sua comida dançava em minha língua, estimulando cada papila gustativa em seu caminho para a garganta. A primeira mordida era uma explosão de sabores intensos, então camadas sutis de vapores aromáticos, condimentos, doce e sal explodiam como minúsculos fogos de artifício. Isso me aterrorizava. Eu estava louca para fazer no prato uma pilha de beringela com curry, pernil de cordeiro grelhado e pão fresco de espinafre com manteiga de ervas. Para não mencionar a sopa indiana. As cores vivas em sua mesa eram tão exuberantes quanto os aromas. Fazer todas as refeições ali? Eu nunca iria conseguir. Uma coisa era comer uma salada de frango grelhado no McDonald's quando minha família devorava Quarteirões Duplos com queijo. Eu podia me recusar a comer 760 calorias e 48 gramas de gordura de fast-food. Mas de comida gourmet? Controlar o tamanho das minhas porções seria quase impossível.

— Mais sopa, Libby? — perguntou Nana.

Engoli com dificuldade.

— Não, obrigada.

— É uma das receitas do chef Emeril Lagasse — contou ela. Eu a olhei sem entender, assim como toda a família. — Ei! Isso não diz nada a vocês?

Nada. Nana ergueu os olhos para os céus, fez um gesto de oração com as mãos.

— Obrigada, Deus, por trazer de volta minha família para que eu possa lhes ensinar sobre a *vida!* — Correndo os olhos pelo restante da família, ela perguntou: — Quem quer mais sopa?

Mamãe e Rif ergueram as terrinas; papai engoliu outro refrigerante.

— Nunca comi sopa amarela antes — disse Dirk. — É tão bom que eu nem quero saber o que tem aí dentro!

Nana ergueu os olhos para Deus mais uma vez.

— Posso comer mais um pouco de arroz amarelo também? — perguntou Dirk.

Enquanto Nana nos servia, ela perguntou:

— Quem sabe por que o açafrão é o tempero mais caro do mundo?

Au!

— Alguém sabe?

Juan, sentado debaixo da mesa a meus pés, esperava impacientemente que eu deixasse cair outro pedaço de cordeiro.

— Porque — disse ela — os estigmas cor de laranja da planta do açafrão têm de ser colhidos à mão.

Ninguém fez nenhum comentário. Cão Juan lambia o piso de cerâmica italiana.

— Vocês podem imaginar? A *mão!*

Mamãe deu um sorrisinho e assentiu com a cabeça. Papai deu mais um gole. Percebi que as mãos dele estavam trêmulas e a testa, úmida.

— Quem sabe o que significa *poha?*

Dirk desatou a rir.

— Dirk? Você estudou culinária indiana?

Ainda rindo, Dirk respondeu:

— Não, mas Juan fez *pohas* em seu quintal hoje!

Irritada, lancei um olhar carrancudo para ele. Não era para ele contar! Eu não tinha uma sacola e a coisa ainda estava lá. Sem prestar atenção, Nana continuou:

— *Poha* é arroz! — esclareceu ela. — *Aloo* é batata, *kishmish* são passas, *podina* é hortelã. Estes são ingredientes comuns na cozinha indiana.

Mamãe murmurou algo sobre a comida ser deliciosa, não importando do que fosse feita. Papai mantinha a cabeça baixa e mastigava.

— Leva um tempo para você se familiarizar com todos os termos. — Nana parecia tão alheia à tensão à volta de sua mesa que me ocorreu que ela devia estar senil. Ou isso ou ela era tão obtusa quanto um saco de *poha*. — Então me digam — insistiu ela —, todos já arrumaram seus pertences? Os quartos são grandes o bastante? O ar-condicionado está funcionando bem? Barstow é quente durante o dia, fria à noite. Lembrem-se de desligá-lo.

Nós sacudíamos a cabeça para cima e para baixo, erguíamos as sobrancelhas. Rif até lhe dirigiu o polegar para cima. Não contamos à nossa avó que o filho dela havia instalado a geladeira na sala, bem ao lado do sofá, e que anunciara:

"Quem tirar isso daqui, corto o braço dele ou dela fora." Tampouco contamos a ela onde ele disse ao fotógrafo da *Trailer Life* que enfiasse a câmera.

À medida que o espetáculo de nosso primeiro jantar em família se desenrolava diante dos meus olhos, eu me peguei lançando olhares furtivos à velha senhora de cabelos vermelho-vivo. Ela tinha o mesmo nariz do meu pai, o mesmo topete sobre a testa à esquerda. Eu a imaginei segurando meu pai nos braços quando ele era bebê, cantando para niná-lo. Será que ela preparava o prato favorito dele nos aniversários? Será que lhe beijava os dodóis quando ele caía da bicicleta? Teria ele encostado a cabeça em seu peito e chorado quando o pai morreu? Teria ele crescido em um parque de trailers?

Também me vi esquadrinhando o rosto de Nana em busca de semelhanças com meu próprio rosto. Será que eu seria parecida com ela quando envelhecesse?

De súbito, eu me senti novamente furiosa. Ter uma avó esquisita era melhor do que não ter avó alguma! Eu tinha sido roubada! Não é um tipo de abuso do pátrio poder dizer a seus filhos que a avó está morta e então fazê-la surgir diante deles 14 anos depois?

Papai interrompeu meus pensamentos com outro arroto ruidoso.

— Meu Deus, Lance, onde estão seus modos à mesa? — perguntou sua mãe.

— Meu nome é Lot — respondeu papai. — Não me chame de Lance outra vez.

Nana pareceu magoada. Mamãe pareceu irritada. E todo mundo praticamente parou de mastigar e de conversar depois disso.

O único lado bom da insanidade da minha família era o fato de que isso acabava sendo uma grande distração. Com meus pais em pé de guerra, não me sobrava tempo para pensar na desolação de minha própria vida. Eu não tinha tempo para sentir saudades de Nadine ou da Fernando High ou das piadas sem graça do Sr. Puente sobre teoremas geométricos. Não tinha a energia para me preocupar com nossa decadência social ou com a possibilidade de ser odiada por todos na nova escola que começaria na manhã seguinte, quisesse eu ou não.

— Guardem espaço para a sobremesa — disse Nana, por fim. — Eu fiz *tiramisù*.

Reprimi um gemido. Por que eu? Era esse o pensamento que me vinha incessantemente. Por que, de todas as crianças do mundo, tudo de horrível acontecia *comigo?*

17

O TOC, TOC, TOC DAS UNHAS POSTIÇAS DE MAMÃE NA PORTA do meu quarto me acordou cedo na manhã seguinte. Mal acabara de amanhecer e já estava quente lá fora. Mamãe tinha uma caixa embrulhada nas mãos. Ela se sentou na borda da minha cama.

— Sei que isso é difícil para você, querida — disse ela baixinho. — É difícil para todos nós.

De início, pensei que estivesse sonhando. Eu não disse nada, só mantive a cabeça no travesseiro, esperando para ver aonde esse sonho chegaria. Quando mamãe estendeu a mão e tirou o cabelo dos meus olhos, eu me admirei com o quanto ele parecia real.

— Tenho um presente para você — disse ela. E eu sorri, esperando que o pacote se desembrulhasse sozinho e me revelasse seu conteúdo.

— Você não quer? — perguntou mamãe.

Ah, sim, pensei. O que é, mamãezinha?

— Libby? — mamãe sacudiu o meu ombro. — Você está acordada?

Sobressaltada, olhei para minha mãe.

— Mamãe? — perguntei. — É você mesma?

Ela riu.

— Claro, boba. Quem você pensou que fosse? Papai Noel? — Ela me entregou a caixa. — Pelo primeiro dia do resto de sua vida.

Sentei-me na cama, agora completamente desperta. A realidade então desabou na minha cabeça — eu estava morando em Barstow, em um trailer, prestes a começar meu primeiro dia na pior de todas as escolas. Nem mesmo o pensamento de ver o cara maravilhoso com os incríveis olhos cor de mel me animou. Cuidadosamente, desembrulhei o presente (nós sempre guardávamos o papel de presente lá em casa) e abri a caixa. Minha mãe exultava.

— O café-da-manhã é daqui a 15 minutos na Nana — disse ela, levantando-se da minha cama. — Mal posso esperar para ver você na roupa nova. — Então ela me deu um beijo na testa e me deixou sozinha no meu novo quarto de metal.

Resto da minha vida, aqui vou eu.

Nana insistiu em esperar o ônibus escolar conosco, embora o ponto fosse bem na frente da entrada do parque de trailers.

— Somos grandes o bastante para esperar sozinhos — tentou Rif. Ambos sabíamos que não havia como fazê-la arredar pé. Nana orgulhosamente havia mexido importantes pauzinhos para fazer com que o ônibus nos pegasse bem em frente ao portão do parque. A escola de Dirk ficava do outro lado da rua, para sorte dele. Ela não sabia o quanto isso era constrangedor.

— Nenhum neto meu vai andar um milhão de quadras até o ponto do ônibus escolar. Eu pago impostos.

— É sério, Nana. Não precisa...

— Sim, *preciso.*

E, assim, ela foi. Nós éramos os únicos apanhados naquele ponto. Aparentemente, as outras crianças que moravam em Sunset Park iam para a escola de carro ou a pé. Mas Nana não aceitaria nada disso. Ela ficou entre mim e meu irmão, um braço no ombro de cada um. Eu usava a roupa nova verde-pastel de babadinhos e mau gosto que mamãe comprara para mim no Wal-Mart. E sapatos de lona novinhos em folha do mesmo verde-pastel. É, eu sei. Meu coração se afligiu quando tirei o conjunto da caixa. Será que ela nunca tinha *olhado* para a filha? O que deu a ela a ideia de que eu *um dia* usaria uma roupa tão brega? De jeito nenhum eu daria minha primeira impressão em uma escola nova com uma roupa em tom pastel!

No entanto, eu não podia apagar o rosto dela da minha mente. Aquela expressão ávida, esperançosa, amorosa, desesperada, de quem se desculpa, com que ela me olhara ao sentar na minha cama com o presente nas mãos. Seu rosto me lembrou que a vida dela também estava arruinada. Estávamos todos enclausurados em Barstow. Eu não podia magoar os sentimentos da minha mãe aparecendo na mesa do café-da-manhã de jeans e uma camiseta preta amarrotada, tirada do fundo da mala.

Então eu o vesti.

Eu parecia a *nerd* do século.

E levei minhas roupas de verdade na mochila para que pudesse trocar assim que chegasse à escola.

— Finalmente! — Nana tirou as mãos de nossos ombros e as juntou ruidosamente.

No topo do morro, a familiar cor amarelo-alaranjado do ônibus surgia como um hediondo sol nascente. Observamos o motorista do ônibus ligar a seta, praticamente exibindo um *outdoor* que anunciava que ele estava parando para pegar os fracassados que moravam em Sunset Park. Nana ficou lá parada como um pavão, um imenso medalhão de turquesa pendendo de seu pescoço. Meu coração disparou. Eu me sentia tonta. Nana selou nosso destino ao perguntar alto e bom som ao motorista do ônibus:

— Quando foi seu último teste *antidoping?*

O ônibus inteiro explodiu numa gargalhada. Meu rosto ardia tanto que parecia que eu estava queimada do sol. Rif não ligou. Cumprimentou a todos com a mão espalmada enquanto caminhava, decidido, pelo corredor até o fundo do ônibus. Quanto a mim, eu simplesmente tentei não vomitar, mantendo a cabeça baixa e procurando o primeiro lugar vazio com o canto do olho.

— Quem é *aquela?* — ouvi um garoto perguntar.

— Ninguém — outro respondeu.

Reconhecendo a voz, ergui os olhos. Era *ele*. O sensível garoto louro que me devolvera Cão Juan no dia anterior. O garoto que eu pensei que um dia poderia beijar para valer. Quando ele viu que eu olhava para ele, disse:

— Continue andando. Você não vai sentar comigo.

Eu queria chorar. Queria explicar como isso havia acontecido, como minha vida dera uma guinada, saindo bruscamente do curso e indo parar em Barstow. Queria tirar minha roupa da mochila e mostrar a todos quem eu realmente era.

Queria fazer voltar o tempo até o ano passado, quando eu era feliz e não sabia. Em vez disso, vi minha avó acenar para mim pela janela traseira do ônibus, enquanto ela ia encolhendo até se transformar em um ponto turquesa em meio à fumaça de exaustão do ônibus. Então peguei um assento vazio no fundo e fitei minhas unhas.

— Ninguém quer sentar comigo também. — Uma voz feminina na minha frente me trouxe com um sobressalto de volta à realidade. Ergui os olhos. Ela disse: — Eu sou Barbara Carver. Está tudo bem. *Eu* vou ser sua amiga.

Ah, Deus.

Toda escola secundária tem uma Barbara Carver. Trata-se de uma fracassada em cinco aspectos: excesso de peso, acne, aparelho nos dentes, óculos e cabelo ruim. Não, melhor trocar para cabelo *péssimo*. Barbara havia prendido um tufo de cabelo no alto da cabeça com um elástico velho; ele espetava o ar como um gêiser. Suas unhas eram roídas com tamanha ferocidade que pareciam dez meias-luas sangrentas.

Engoli em seco.

— Obrigada. Eu sou Libby Madrigal. — Então me acomodei no banco do ônibus e imaginei como seria bom se o assento de vinil se abrisse e me engolisse inteira.

Barbara se levantou, girou o corpo, deixou-se cair ao meu lado e tagarelou todo o caminho até a escola.

— ... assim, se quiser fazer parte de um clube, você praticamente precisa organizá-lo sozinha.

— Hã-hã.

— E esportes, como futebol e essas coisas. Mas se você quiser algo legal de verdade, como xadrez, precisa organizar você mesma também.

— Hã-hã.

À medida que Barbara Carver me atualizava sobre as limitações da Desert Valley High, eu me sentia mais e mais enjoada. Minha cabeça dava voltas e voltas. Cada vez que inspirava, eu me sentia tonta ao soltar o ar. Aguente firme, garota, eu repetia incessantemente em minha cabeça. Aguente firme. Vai dar tudo certo.

Passamos pelo Wal-Mart, atravessamos o centro da cidade, pegamos a direita após a delegacia. Meus ouvidos zumbiam. Quando alcançamos o velho quiosque de taco pelo qual passamos várias vezes no dia anterior, eu mal conseguia ouvir o que Barbara falava. Meus ouvidos estavam cheios do som do oceano. O lábio superior encontrava-se úmido de suor.

— ... assim você vai querer ficar longe deles. Afinal, são encrenca na certa.

Barbara continuou seu monólogo, mas tudo que eu ouvia era *vffff*! Tudo que eu sentia era tontura e uma crescente sensação de pânico.

O ônibus parou bruscamente, a porta se abriu.

— Desçam com cuidado, crianças — disse o motorista. — Não empurrem.

Pondo-me de pé, trêmula, deixei a multidão me levar em sua corrente. Minha visão estava embaçada, eu via luzes brancas piscando. No instante seguinte eu senti ânsia de vômito. A saliva inundou minha boca. Quanto mais eu engolia, mais líquido surgia. Meu estômago revirava.

— Você está bem? — Barbara perguntou atrás de mim. Mas sua voz soou tão baixa e distante que não achei que estivesse falando comigo. Meu coração disparou quando meu estômago se contraiu, perto de vomitar a omelete de claras que Nana havia feito para o café-da-manhã. Agarrei minha mochila. O lanche e minhas roupas de não-*nerd* eram as únicas coisas dentro dela. Calculei que podia vomitar na embalagem do sanduíche de peru defumado de Nana e sofrer a humilhação adicional de usar o conjunto pastel o resto do dia. Se enfiasse a cabeça bem na mochila, poderia botar tudo para fora sem que ninguém notasse. Tonta, enjoada e quase nas profundezas do terror, comecei a lutar com o fecho da bolsa.

— Ande logo com esse traseiro — alguém gritou para mim. A voz parecia de Rif.

— Cale a boca — disse Barbara.

— Eu não estava falando com você, cara de cratera.

— Boa essa, Shakespeare. Tem mais alguma tirada original?

Não sei como consegui chegar à porta. Os degraus do ônibus estavam borrados. As ondas que estouravam em meus ouvidos agora eram ensurdecedoras. Minha mão agarrava a barriga. Centímetro a centímetro, consegui descer os degraus. Meus joelhos não cederam até que cheguei à calçada. Ali, dobrei-me como um acordeão direto na sarjeta.

— Cuidado com ela!

Essa foi a última coisa que ouvi antes de minha cabeça se chocar com a calçada.

— Parece pior do que é, Sra. Madrigal — ouvi a enfermeira dizer à minha mãe ao telefone. Foi quando levei a mão à cabeça. Uma bandagem enorme cobria o lado direito da minha testa, chegando quase ao olho. Parecia uma esponja de banho.

— Um arranhão feio — disse-me a enfermeira, desligando o telefone. — Você desmaiou. Mas vai ficar bem.

— Eu vomitei? — perguntei, imaginando se não só teria de sair da escola em desgraça, como também me mudar da Califórnia.

— Não. Você só perdeu os sentidos.

Quase desmaiei novamente quando a enfermeira me ajudou a me sentar, e eu vi meu reflexo no espelho do outro lado da sala.

— Você pode colocar um band-aid em vez desse... desse... *absorvente máxi* na minha testa?

— É uma *atadura*, e você vai precisar dela se recomeçar a sangrar — disse ela com eficiência. — Está com dor de cabeça?

— Não.

— Ótimo. Tontura?

— Não.

— Náusea? Visão turva?

— Não. Estou bem agora. — Até meu coração voltara ao batimento normal. — Acho que foi só um leve ataque de pânico.

— Ótimo — disse a enfermeira. — Então já pode ir para a aula.

Não era isso que eu esperava ouvir. De repente, eu me lembrei: sim, eu estava com dor de cabeça.

— Não posso ir para casa? — perguntei. — Agora que você falou, minha cabeça está um pouco dolorida.

— Sua mãe disse que você deveria ir para a aula se pudesse — afirmou a enfermeira. — E acho que você pode.

Minha mãe?! O que ela sabia sobre o meu corpo? Minha humilhação? Do fato de que minha vida estaria acabada de verdade se eu começasse o primeiro dia na minha nova escola vestida como uma CDF verde-limão, com um travesseiro preso na testa!

— Aqui — disse a enfermeira. — Deixe-me ajudá-la a se levantar.

Segurando meu braço, a enfermeira me apoiou enquanto eu me levantava.

— Se você sangrar e o sangue atravessar a atadura, ou se você se sentir mal ao longo do dia, volte aqui — disse ela.

Antes que eu pudesse protestar, a enfermeira me deu um tapinha no ombro e me liberou para as regiões inexploradas da Desert Valley High.

O Sr. Tilden perguntou à turma:

— Quem sabe a diferença entre uma metáfora e uma símile?

Eu sabia o nome dele porque estava escrito no horário da turma que eu tinha na mão trêmula. Ouvi a pergunta dele porque estava parada, imobilizada, diante da porta fechada da minha aula de inglês no segundo tempo. A maçaneta estava a centímetros da minha mão, mas eu não conseguia me forçar a estender a mão e girá-la. Meu coração batia violentamente. Fios de suor escorriam na atadura de algodão na minha testa. Quando dei um minúsculo passo à frente, meu sapato novo de lona verde guinchou na calçada externa de cimento. Minha mochila pendia de encontro ao meu traseiro. Considerando a possibilidade de esperar até o fim da aula, olhei para o relógio em meu pulso. Então olhei para o horário. Ainda faltavam vinte minutos para o fim da aula. Eu não podia ficar esperando ali de pé. Ou podia? Talvez essa fosse uma boa hora para ir ao banheiro trocar de roupa.

— A porta está trancada?

Minha cabeça deu uma guinada para cima. Um zelador com um milhão de chaves pendendo do cinto caminhava com determinação para a porta.

— Bem, eu...

Antes que eu pudesse dizer mais, ele experimentou a maçaneta e a porta se abriu facilmente. Irritado, ele disse:

— Você precisa, na realidade, girar a maçaneta, senhorita.

— Eu sou nova — gaguejei. Então levei a mão até a atadura como uma espécie de explicação.

Ele abrandou e me conduziu para a sala de aula.

— As maçanetas giram para a *direita* — disse devagar. A explosão de riso da turma me fez desejar poder esconder todo o meu corpo debaixo daquela atadura. O zelador deu um tapinha em meu ombro exatamente como a enfermeira fizera e saiu.

— Posso ajudá-la, minha jovem? — perguntou o Sr. Tilden.

— Estou na sua turma — respondi. Mas a minha voz soou tão fraca que eu mal pude ouvi-la.

— Como é?

Engolindo em seco, dei dois passos à frente na sala. No momento em que fiquei totalmente no campo de visão da turma, ninguém disse uma palavra. Era o silêncio da curiosidade, do alarme, do desprezo. O trajeto até a mesa do Sr. Tilden pareceu-me mais longa do que a viagem até Barstow, e duas vezes mais medonha. Se minhas pernas estivessem funcionando devidamente, eu teria dado meia-volta e corrido... até Chatsworth.

— Você está na minha turma? — perguntou o Sr. Tilden.

Assenti. Entreguei-lhe minha nota da enfermeira. Ele a leu, assentiu para si mesmo, então me olhou com pena. Para piorar as coisas, o Sr. Tilden gentilmente colocou a mão nas minhas costas e me levou até uma carteira, como se eu fosse uma inválida. Para piorar ainda mais, ele disse:

— Brian, você pode por favor se levantar e ceder sua carteira a Elizabeth?

— É Libby — eu disse com a voz esganiçada. Mas tenho certeza de que ninguém ouviu porque Brian, um garoto de aparência suja na fileira da frente, grunhiu e disse:

— Pensei que os deficientes ficassem lá atrás.

18

NANA ACOMPANHOU RIF ATÉ O PORTÃO DO SUNSET PARK NA manhã seguinte. Fiquei em casa. Eu piscava muito e disse à minha mãe que estava com uma dor de cabeça horrível, visão nublada e tontura. Nada disso era verdade, naturalmente. Mas, cara, eu merecia um dia de folga. Quem sabe todo o semestre. Enfrentar o primeiro dia na escola nova vestida como uma mãe suburbana, e ainda tendo um turbante branco gigantesco na testa, era mais do que qualquer garota de 14 anos podia aguentar.

Meu primeiro dia havia sido uma humilhação após a outra. Barbara Carver foi a única que me dirigiu a palavra durante todo o dia. E, como um locutor esportivo ensandecido, ela tocou o *replay* incessantemente.

— ... e lá estava você, *plaft*, na sarjeta! Você desmaiou! *Plaft*!

Eu me sentia como um vírus se espalhando pelo campus. Quando me aproximava de um grupo de alunos rindo, descontraídos, eles se fechavam, desviavam os olhos, se dispersavam. Ninguém queria chegar perto de mim. Como se pudessem me *pegar* ou algo assim.

— ... e tinha sangue na calçada e tudo mais! — guinchava Barbara. — *Plaft!*

— Vou fazer uma canja de galinha — declarou Nana, assim que soube que eu não iria à escola.

— Hã? — Mamãe não estava prestando atenção, pois tinha uma entrevista de emprego no Wal-Mart, e papai, estranhamente, resolvera passar o dia no sofá assistindo a novelas em espanhol.

— *Ella tiene un problema con su espina.*

— *¡No!*

— *Sí. No tiene sensibilidad en sus piernas.*

— *¡No!*

— *Sí.*

Quando você pensa que sua família não pode ficar mais esquisita...

Então, Nana correu para sua cozinha, mamãe foi gingando para o banheiro a fim de engomar o cabelo com spray, e papai, do sofá, ergueu o braço a fim de abrir a geladeira e tirar uma embalagem de seis refrigerantes.

— Estou me sentindo um pouco menos tonta — eu disse, embora ninguém tenha dado a mínima.

Como eu sabia que a canja de galinha de Nana iria começar com uma *galinha* de verdade, calculei que tinha pelo menos meia hora antes que alguém prestasse atenção se eu estava viva ou morta. Resolvi dar uma caminhada e queimar algumas calorias para que pudesse comer um pouquinho. Todo mundo estaria na escola; eu não iria "infectar" ninguém.

Lendo minha mente, Cão Juan olhou, esperançoso, em minha direção, lambendo os minúsculos lábios.

— Tudo bem, pode vir.

Excitado, Cão Juan pulou do colo de papai e correu para os meus pés.

— Vou levar Juan para dar uma volta, papai.

— *Bueno.* — Seus olhos não se despregaram da tevê.

O ar quente sufocante me engoliu no momento em que pus os pés no ofuscante sol de Barstow. Pus Cão Juan na calçada e o observei farejar e pular de um lado para o outro, os pezinhos chamuscando no cimento escaldante.

— Você que pediu — eu disse.

Minha testa já suava, molhando a atadura. Até meus pulmões estavam quentes. Mas logo, como antes, o calor quente se tornou agradável. E me acalmou, apesar de tudo.

— Molhe a *cabeça*, Gracie!

Uma voz feminina flutuou no ar quando Juan e eu passávamos pela Eden Way a caminho da piscina.

— A água não vai te morder, Gracie!

As mesmas duas mulheres que eu vira da última vez estavam lá. Charlotte usava seu chapéu de palha característico; a pele de Mim ainda se ondulava como massa de bolo. Estavam ambas de pé na borda da piscina gritando para outra senhora que nadava cachorrinho vindo da parte funda, as flores de borracha de sua touca de banho voando a cada movimento do braço.

— Enfie a cabeça na água e nade, pelo amor de Deus!

Gracie prosseguia subindo e descendo; Charlotte e Mim continuavam a gritar com ela.

— A cabeça! Mergulhe-a!

Enquanto eu contornava silenciosamente a cerca até a outra extremidade da área da piscina, vi um senhor numa cadeira de rodas estacionada perto dos degraus da parte rasa, batendo as mãos e rindo. Seu sorriso eram só gengivas.

Au!

— Psiu, Juan!

Au, au! Excitado pelo movimento, Cão Juan latiu novamente. *Au!*

Charlotte levantou a cabeça e gritou:

— É a netinha e o filhote!

Ela caminhou com dificuldade até o portão, abriu-o e fez sinal para que eu entrasse.

— Está de maiô? — perguntou ela.

— Não, só estava caminhando um pouco — respondi.

— Bobagem! Entre aqui.

— O que é isso na sua testa? — gritou Gracie da borda da piscina.

— Um curativo. Eu caí — gritei de volta.

— Machucou muito? — ela quis saber.

— Não — eu disse. Gracie deu de ombros e voltou a nadar cachorrinho.

Mim chamou da extremidade oposta da piscina.

— Você *trouxe* o maiô?

— Hã, não.

— Tudo bem. Eu tenho um extra no armário.

Ela fez meia-volta e se arrastou até a sala de recreação.

— Não... obrigada... de verdade...

— Eu tomo conta do pequenininho enquanto você nada — disse Charlotte. Então arrancou Cão Juan dos meus braços.

Atônita, tornei a advertir:

— Ele não gosta de estranhos.

Mas, exatamente como havia feito com Mim antes, Juan aninhou a cabecinha na dobra de carne debaixo do queixo de Charlotte e imediatamente adormeceu.

— Bem, ele certamente gosta de mim — fungou ela.

Eu me senti traída. O nanico.

— Aqui está! — cantarolou Mim, voltando para a piscina e trazendo pendurado na mão um maiô de uma peça com estampa de flores turquesa e laranja, que obviamente era vários tamanhos acima do meu, sem falar que era horrível demais para usar.

— Não sei nadar — eu disse com a voz fraca.

— Bobagem! — retrucou Charlotte.

— Não tem nada de mais — gritou Gracie da piscina. Para provar, ela se afastou da borda e levou dez minutos completos para alcançar o outro lado. O senhor da cadeira de rodas batia palmas e emitia estranhos ruídos com as gengivas.

— Deve dar direitinho em você. — Mim ergueu o maiô e estreitou os olhos. Aparentemente, ela era cega ou vivia em negação do seu tamanho. — Fique à vontade para pegá-lo emprestado.

— E a piscina acabou de ser limpa — acrescentou Charlotte, acariciando a cabeça de Juan e murmurando "pronto, pronto". Juan ressonava levemente, como uma pequenina máquina de costura. *Ra-ta-tá*.

— Obrigada, mas eu estava apenas explorando as redondezas.

— Por que não explorar a parte funda? — Gracie afastou-se novamente da borda e cruzou a piscina, nadando cachorrinho. O velho voltou a bater palmas.

— Eu estava esperando encontrar algumas pessoas da minha idade assim que acabar a escola.

Charlotte, Mim e Gracie se entreolharam e então explodiram numa gargalhada.

— Pessoas da idade dela!

O homem da cadeira irrompeu numa riso banguela e silencioso.

— Ou que estejam na faculdade — murmurei, tentando soar madura. Isso os fez rir ainda mais.

— Querida, isto aqui é um lar de idosos — disse Charlotte.

Apesar do calor, gelei por dentro. Estranhamente, o marulhar da água tornou-se mais alto do que a voz de Charlotte. Ainda assim, eu a ouvi repetir:

— Um lar de *idosos*. — A frase ecoou em câmara lenta: *Lar... de... i... do... sos.*

Gracie interviu, prestativa:

— Aquela Irene não-sei-de-quê, da Paradise Way, só tem 62 anos.

— Um lar de idosos?

— Sua avó não lhe contou?

— Um lar...

— O único motivo de deixarem vocês morarem aqui é porque sua avó construiu este centro de recreação.

De repente, eu sentia dificuldade de respirar.

— Ela investiu quase todo o dinheiro do seguro de vida do seu avô aqui no Sunset Park!

— Ano passado, acrescentamos um DVD! — gritou Gracie da piscina.

— Sua avó ajudou a transformar o Sunset Park em um dos lares de idosos de casas móveis mais agradáveis da área — informou Charlotte. — Tem uma lista de espera de quilômetros.

— Alguns de nós simplesmente se recusam a morrer. — Gracie deu uma risadinha.

— A sua família furou a fila.

Atônita, tentei me mexer, mas não consegui.

— Por que não dá um mergulho, querida? — insistiu Charlotte. — Como eu disse, a piscina acabou de ser limpa.

— Este maiô vai servir em você direitinho — repetiu Mim, enfiando-o em minhas mãos.

Numa onda de energia desesperada, embolei o maiô debaixo do braço, arranquei Cão Juan da papada de Charlotte e disparei na direção do portão.

— Olhe! Eu consigo mergulhar a cabeça! — gritou Gracie às minhas costas.

O portão bateu atrás de mim. A última coisa que ouvi foi Charlotte berrando:

— É proibido correr em torno da piscina!

19

DEI INÍCIO A UMA GREVE DE FOME. ERA A ÚNICA FORMA DE EU protestar de modo convincente. Lentamente, eu definharia. Qualquer alimento só passaria por estes lábios quando meus pais devolvessem a vida que haviam roubado de mim. Eu poria um ponto final nos segredos e nas mentiras aqui e agora.

Do lado de fora da porta fechada do meu quarto, colei um cartaz que dizia: NENHUMA COMIDA. NENHUMA ÁGUA. NENHUM VISITANTE. Para minha perplexidade, todos obedeceram. Fiquei lá deitada por horas. Foi a primeira vez que minha família fez o que eu lhes pedia. Nana nem mesmo tentou me levar sua prometida canja de galinha.

Pouco antes do meio-dia, mamãe enfiou a cabeça pela porta. Já era hora, pensei.

— Adivinhe só? — disse ela.

— O quê? — perguntei, indignada.

— Consegui um emprego! Começo amanhã! No balcão de joias. Você acredita? É o melhor departamento do Wal-

Mart. Tem uma entrega de zircão chegando. Adivinhe quem está encarregada de arrumar a caixa de exposição?

— Parabéns! — eu disse, a voz destilando sarcasmo.

— Obrigada, docinho. Tem certeza de que não quer comer nem beber nada?

— Tenho — afirmei, desafiadora. — Tenho certeza absoluta. De jeito nenhum eu vou dar uma única mordida ou beber uma só gota.

— Então está bem. Vou sair para fazer as unhas. Quero que estejam *perfeitas* quando mostrar aos clientes nossa nova coleção.

Mamãe saiu e eu voltei a cair na cama. Qual era o *problema* com essas pessoas? Para que serve uma greve de fome se ninguém percebe?

Sentindo-me totalmente impotente, fiz a única coisa que podia fazer nas circunstâncias: esperei até ouvir a porta de tela se fechar depois do traseiro de minha mãe, e entrei furtivamente na sala de estar para procurar o telefone celular que meu pai havia escondido. Nosso telefone convencional ainda não estava instalado e, em retaliação à sua sobriedade forçada, papai nos proibira de usar seu celular.

— Somos uma família — dissera ele. — Vamos sofrer juntos.

Encontrar o telefone dele era muito fácil. As novelas em espanhol berravam na televisão. Papai dormia, roncando, no sofá, uma lata de refrigerante vazia subindo e descendo em cima da barriga saliente. Entrei na ponta dos pés no quarto dos meus pais e procurei na cômoda. Bingo. Encontrei o aparelho em exatos cinco minutos.

— Nadine? — No momento em que eu sabia que as aulas haviam terminado e o celular dela estava ligado, disquei o número da minha melhor amiga.

— Libby! — ela gritou. — Como você está?

— A vida é uma bosta — eu disse, pegando emprestada a frase do meu irmão.

Enquanto eu respirava fundo para atualizar Nadine sobre todos os detalhes de minha nova e hedionda vida, ela disse:

— Estou com tantas saudades suas! Estava morrendo de vontade de falar com você! Graças a Deus você tem telefone. Qual é o novo número?

Antes que eu pudesse tomar fôlego, ela já estava tagarelando outra vez.

— Curtis, o irmão mais velho dele e eu fomos para Zuma Beach na segunda-feira depois da escola e foi superlegal. O sol estava quente e Curtis ficou ainda mais lindo de roupa de surfista. Eu queria tanto que você estivesse lá. Ele surfa! Você sabia disso?

— Não, hã...

— A escola é um pesadelo sem você. Meu dia inteiro é horrível. Que tal a sua escola nova? Fernando High continua exatamente a mesma droga.

— Se você acha que a *Fernando* é uma droga... — comecei.

— Só um minuto! — ouvi Nadine gritar para alguém, e então ela me disse: — Não acredito nisso! Tenho de ir. Minha carona já chegou. A mãe de Paige vai nos levar até o shopping.

— Paige? — Meu coração despencou no chão.

— Você se lembra de Paige Dalton? Ela é ótima. Você iria gostar dela.

Paige Dalton era uma líder de torcida. Paige era amiga de Carrie Taylor. Como é que minha melhor amiga tinha ficado amiga de Paige Dalton em menos de uma semana?

— Paige é amiga de Curtis. Foi assim que nos conhecemos.

Ah.

— Posso te ligar mais tarde? — perguntou Nadine, obviamente impaciente para desligar. — Qual é seu número novo?

— Ainda não temos telefone. Eu te ligo.

— Ah, Libby. Sinto *tanta* falta sua.

— Também sinto sua falta, Na...

— Estou indo! — gritou Nadine para o bando de garotas que eu podia ouvir ao fundo.

— Também tenho de ir — eu disse em voz alta. — Minha amiga Barbara Carver vai me mostrar Barstow hoje à noite.

Pronto. Isso vai atingi-la.

— Ótimo — disse Nadine com sinceridade. — Quando tirarmos nossa carteira de motorista, vamos poder nos encontrar todas

Tentei não sentir a ferroada. Podia ouvir Nadine entrando no carro da mãe de Paige Dalton. Enterrando as unhas no plástico duro do telefone, eu disse:

— Nossa casa nova é impressionante. Também tem um monte de garotos legais por aqui. Eles se encontram num ponto turístico, um McDonald's montado em vagões de trem. Você *tem* de ver. É incrível. E minha escola, bem, tem tanta coisa acontecendo que eu não sei quando vou ter tempo para fazer o dever de casa.

— Uau, Libby. Pensei que você tivesse dito que sua vida estava uma bosta.

— É, bem, mas é só modo de dizer. O pessoal diz isso... por aqui... quando acha que alguma coisa é, hã, boa. — Eu estremeci.

— Ah. — Eu não consegui enganar Nadine nem por um segundo. O que me fez me sentir ainda mais humilhada. Queria apagar os últimos cinco minutos e recomeçar.

— Você me liga? — perguntou Nadine docemente.

Engoli em seco.

— Claro.

— Te amo.

— Eu também te amo — falei, tentando não soar tão desesperada quanto me sentia. O silêncio atravessou meu coração. Nadine tinha desligado, indo com suas amigas líderes de torcida para o shopping. Logo iria experimentar um beijo para valer. Ciente de que sua ex-melhor amiga era uma mentirosa. Desabando na cama, as lágrimas vieram como as ondas de Zuma Beach.

Na manhã seguinte, eu me recusei a sair da cama. Fiquei lá debaixo das cobertas, o ar-condicionado soprando na potência máxima, Cão Juan encolhido a meus pés como uma lesma cabeluda e orelhuda.

Mamãe bateu à porta.

— Tudo bem com você, Libbyditcha?

— Sim, *tudo*.

— Como está a sua cabeça?

— Minha *cabeça* está boa — grunhi.

— Ótimo. Estou indo para o trabalho!

Eu não disse nada. Por nada neste mundo eu iria dizer: "Tenha um bom dia!" Não quando os meus pais tinham me levado para morar num lar para *idosos*, pelo amor de Deus.

Não quando minha própria mãe não percebia que eu estava morrendo de fome e me recusando a ir para a escola. Que tipo de pais eu tinha? Eu podia entrar em coma! Que importância isso tinha para eles? Deitada debaixo das cobertas, o estômago roncando, pensei na possibilidade de nunca mais falar com ninguém. Para quê, afinal? Minha vida estava mesmo acabada.

— Deseje-me sorte! — mamãe cantarolou. Então desapareceu sem esperar que eu lhe desejasse coisa alguma. Não que eu fosse lhe desejar nada de bom. Não em um milhão de anos.

Logo depois, ouvi a porta da frente bater três vezes. Ouvi a porta da geladeira se abrir e um som de *pfftt* quando papai se jogou no sofá e abriu uma lata de refrigerante. Então ouvi vozes.

— Quer dizer que você alega que ele prometeu pagar pelo dano?

— Eu nunca prometi pagar!

Aparentemente, papai havia deixado de assistir às novelas em espanhol para assistir a um *reality show* de justiça.

— Eu tenho tudo gravado!

Profundamente deprimida, afundei no colchão, determinada a nunca mais me levantar. Para passar o tempo, espalhei hidratante nos braços e um pouquinho na cabeça de Juan, fazendo seus pelinhos ficarem espetados no ar.

— Tem alguém em casa? — Alguém estava do outro lado da porta, batendo suavemente.

— Vá embora — grunhi.

— O.k. — Era Nana. Ouvi seus passos se afastando.

— O que você quer? — perguntei, em voz alta. Os passos retornaram.

— Eu trouxe uma coisinha para você.

— O que é?

— Posso entrar?

Suspirei.

— Tudo bem.

Nana abriu a porta, entrou e a fechou atrás de si. Tinha uma travessa nas mãos, coberta por uma daquelas tampas de metal usadas no serviço de quarto de hotéis chiques.

— Pensei que você devia estar com fome — disse ela. Será que eu sentia cheiro de manteiga e alho? Alguma coisa verde... manjericão, talvez?

— Não estou — menti. O aroma do que quer que fosse que estivesse debaixo daquela tampa era incrivelmente sedutor. A saliva inundou minha boca.

— Eu me enganei. — Nana silenciosamente se virou para sair com minha comida nas mãos. Cara, ela era boa.

— Minha vida *acabou* — declarei.

Nana voltou e se sentou a meu lado na cama.

— Quanto tempo mais você tem?

Gemendo, perguntei:

— Por que ninguém me leva a sério?

— Desculpe, Libby. Você quer falar sobre isso?

— Não.

— Lamento sobre isso também. — Ela fez menção novamente de sair. Qual era o *problema* com essa família? Ninguém se importava com o fato de eu estar definhando até virar pó?

— Se mudar de ideia, estarei em minha cozinha fazendo escalopes grelhados sobre endívia para o almoço — disse Nana, colocando a travessa na escrivaninha e levando a mão à maçaneta.

— Como foi que eles *puderam?!* — deixei escapar.

— Como quem pôde?

— Como *é* que meus pais puderam nos trazer para um lar de idosos?!

— Ah. — Nana voltou e se acomodou na borda da minha cama. — Eu estava me perguntando quando é que você notaria todas as rugas por aqui.

— Como é que eles *puderam?*

— Seus irmãos sabem?

— Creio que não. — Embora Rif tenha notado que o limite de velocidade dentro do parque de trailers fosse de 20 quilômetros por hora e a maioria dos motoristas não passasse de 15. — O que eles estavam pensando? Poderiam ter nos levado para morar num convento!

— Isso é ruim?

— É tão... tão... — eu me detive. Como poderia dizer à minha avó como eu me sentia de fato? Essa era a casa dela, afinal. Como poderia dizer a ela que não queria viver com um bando de velhos idiotas? Num trailer? A humilhação que isso representava! Será que Nana entenderia o quanto minha família me constrangia, como eu implorava a Deus: "Por favor, não permita que eu seja igual à minha mãe"? Ou o quanto meu próprio pai — filho dela — fazia com que eu me sentisse confusa e desprotegida? É horrível assistir ao meu pai desaparecer no álcool, ter de andar nas pontas dos pés à volta dele, tomando cuidado para que ninguém diga em voz alta o que todos estão pensando. Minha família se esconde, para que ninguém o veja. Temos vergonha de nós mesmos pela vergonha que temos dele.

Como você diz à sua recém-descoberta avó que você se sente *lesada*? Não há palavras para exprimir o quanto dói ver meu pai derretendo, babando e falando bobagens, de olhos empapuçados. Por que um pai deixaria a filha vê-lo perder a hombridade a cada dia, fundir-se com o sofá e deixar de se preocupar com os filhos, e tratar a mãe deles como se ela fosse uma intrusa em seu nebuloso mundo privado? Será que ele não percebe que vou levar comigo essa imagem para o resto da vida? Como é que se pode esperar que eu tenha um namorado, um noivo ou um marido se a imagem que tenho dos homens é tão deturpada?

A coisa mais inquietante de todas, naturalmente, é que meu pai parou de beber desde que mudamos para Barstow (até onde eu podia ver), e estava tão esquisito quanto antes.

Minha boca se abriu, mas não saiu nada. Como se pode dizer a uma senhora de idade como é ver os pais um dia decidirem destruir a sua vida? Sem nem perguntar. Arruinar sua vida inteira sem nem pedir desculpas! Minha melhor amiga já me substituiu por um modelo melhor. Todos os garotos de quem já gostei gostam de outra garota. Greg Minsky me irrita, e Zack Nash me olha como se eu fosse a sua irmãzinha. Como se eu fosse invisível! E agora eu nunca vou conseguir aquilo que mais quero: um beijo para valer. É tarde demais. Estou marcada como fracassada para *toda a vida*.

Como eu poderia expressar o quanto estava apavorada por começar numa nova escola? Minha vida inteira é um botão de *hold* gigante — *piscando, piscando, piscando* — à espera do próximo e terrível acontecimento.

Nana estendeu a mão coberta de veias e anéis para prender um fio de cabelo atrás da minha orelha. Ela suspirou.

— As vezes temos tanto para falar que é difícil encontrar uma única palavra.

Assenti.

— É uma coisa engraçada, entretanto — disse ela. — Adolescentes e velhos têm muito em comum.

Com o olhar fixo nela, lutei para não revirar os olhos e grunhir.

— A velhice assusta as pessoas — continuou ela suavemente — e, portanto, elas não gostam de vê-la. Elas nos arrebanham em lares de idosos, fingem não nos ouvir quando falamos. As pessoas mais jovens tratam os velhos como crianças. Nós nos sentimos impotentes na maior parte do tempo, nossos corpos falhando, fazendo coisas esquisitas que nunca fizeram antes. Traindo-nos. Mas você só pode partilhar o que está acontecendo com outros velhos — quem mais quer ouvir sobre constipação, artrite e joanetes? Certamente, ninguém quer ouvir falar de incontinência urinária. É só um assunto de piada para os comediantes de tevê! É assim que a sociedade nos vê — as pessoas têm tanto medo de ficarem iguais a nós que só nos mencionam em pilhérias. Na verdade, a sociedade mal tolera os velhos. Isso lhe parece familiar?

Assenti com a cabeça, piscando. De todas as pessoas, eu pensava que minha avó seria a *última* a compreender.

— A velhice é solitária — prosseguiu Nana. — Você se torna invisível. Os homens não se sentem atraídos por você; as mulheres se apegam demais. E tem aquela nuvem que segue você noite e dia: Será que este vai ser meu último dia? Será que fiz o bastante na minha vida? Alguém vai sentir saudades minhas?

Nana fitou o vazio por um momento. De repente, em seu rosto, pude ver a mulher que ela foi um dia. A viúva impetuosa que declarou: "Para o inferno com o que pensam de mim. Eu vou morar numa cozinha!"

— É verdade — eu disse baixinho —, a sociedade mal tolera nós duas.

Sorrindo, Nana tomou minha mão nas suas e apertou.

— Vou lhe dizer uma coisa, meu amor — disse ela. — É um segredo que levei 75 anos para descobrir.

— O quê? — Com esforço, ergui minha cabeça do travesseiro.

— Ninguém tem controle.

— Ninguém? — Deixei a cabeça cair novamente.

— Não. O controle é uma ilusão. Lutar por ele é uma perda de tempo. A vida tem um plano para você que está em andamento neste exato momento, independente, sem a sua intervenção. Não importa o que você faça, a vida vai ganhar. Você não pode controlá-la. É tolice tentar. Você tem de se deixar levar. Deixe a corrente carregá-la. Não resista. Relaxe e desfrute a viagem. Veja aonde a vida a leva. Pare de tentar virar o leme. A vida sempre ganha, minha querida. Desista. Deixe-se levar.

Nana acariciou meu rosto, então se inclinou para beijar meu único pedaço de testa que não estava coberto pela gaze branca agora imunda. Em meu ouvido, ela sussurrou:

— Nesse ínterim, talvez você queira um lanchinho.

Minha avó me deixou no quarto com uma fritada divina e uma grande surpresa: eu não estava tão sozinha afinal.

20

ACORDEI NA MANHÃ SEGUINTE COM UMA NOVA DECISÃO. DE me deixar levar.

— O que você está fazendo? — mamãe me perguntou ao me encontrar no fogão de Nana, a velha camiseta salpicada de farinha, a atadura da testa deixada sobre a cama sem fazer.

— Panquecas.

— Panquecas?

— Quer algumas?

Mamãe me olhou alarmada, sem saber o que dizer.

Deslizei a espátula por baixo da massa borbulhante e virei uma das rodelas. Mamãe sentou-se à mesa e perguntou:

— Você está bem?

— Como nunca antes. Quer manteiga?

A enorme pilha de panquecas inclinou-se e oscilou quando a levei até a mesa. Nana e meus irmãos já haviam comido; na verdade, tinham até saído. Já estavam vivendo suas vidas, a caminho da escola. Quanto a mim, eu estava deixando a vida me levar em sua corrente.

— Quer melado, mãe?

— Você parece suficientemente bem para ir à escola, Libby — disse ela.

— Vamos ver.

A vida queria que eu ficasse em casa o resto da semana.

— Libby...

— Vai se atrasar para o trabalho, mãe.

Minha mãe ergueu os olhos para o relógio, disse "Ai, meu Deus" e voltou correndo para o nosso trailer. Eu me acomodei para tomar o mais delicioso café-da-manhã com panquecas da minha vida. Juan gania debaixo da mesa, mas eu o empurrei com o pé. Cortando pequenos triângulos de panqueca com o garfo, eu enfiava várias camadas na boca de uma só vez. Deixar-me levar nunca fora tão gostoso.

Depois do café-da-manhã, decidi abster-me do chuveiro. Eu abri mão de tomar banho. Para que me dar ao trabalho? Quem ligava para o fato de eu estar suja ou limpa? Minha testa estava bem. Uma crosta marrom cobria a pele fina e rosada. Não doía, só coçava um pouco. Enfiando os pés descalços em chinelos de dedo, e ainda usando o mesmo short com que dormira, peguei Cão Juan no colo e saí.

Não demorou muito para eu percorrer o caminho até a piscina. À medida que me aproximava, podia ouvir a mesma tagarelice e o preguiçoso movimento na água. Charlotte ainda não estava lá, mas Mim e o aplaudidor na cadeira de rodas, sim, além de uma nova senhora que era totalmente careca. Ela nadava com braçadas lentas e deliberadas, de um lado para o outro da piscina. Em meu novo estado de espírito, todos eles pareciam formidáveis.

— Que dia lindo! — gritei alegremente quando passava pelo portão.

— Bom-dia — cumprimentou Mim, e então perguntou gentilmente: — Como você está, querida?

— Nunca estive melhor. Feliz como pinto no lixo. E a senhora? Como estão seus joanetes?

Mim pareceu assustada. Com Cão Juan a reboque, eu me deixei cair numa espreguiçadeira vazia e fechei os olhos. O sol já estava escaldante e mal passava das nove.

— Usou filtro solar, querida? — indagou Mim. — O sol do deserto é traiçoeiro.

Com os olhos ainda fechados, sacudi a cabeça negativamente e me estiquei. Ouvindo as suaves ondulações na piscina, imaginei que estava descendo um rio flutuando de costas, com destino desconhecido — deixando a vida me levar em sua corrente. Que preocupações eu tinha?

Quando éramos pequenos, mamãe costumava chamar Rif, Dirk e eu de seus três anões: Animado, Tontinho e Aflito (eu). Assim, quem podia me culpar? Isto é, quem não iria se preocupar quando a vida era sempre um grande ponto de interrogação? No meu modo de ver, eu era a única em minha família a reconhecer como as coisas podem ser ruins, quantos perigos existem na vida. Na minha opinião, eu era a única que me preocupava *apropriadamente*. Não mais, porém. De agora em diante, mamãe iria me chamar de seu anão Cuca Fresca. Ou Flutuante. É, de agora em diante, eu seria Flutuante, a garota que seguia a corrente.

Minha queimadura do sol estava apenas dando os primeiros sinais quando cheguei à casa de Nana para o almoço.

— Minha nossa! — exclamou ela, lançando-me um olhar. Então estendeu o braço além da pia e tirou uma folha de *aloe vera* da hortinha em sua janela.

Dirk, em casa para o almoço, ficava apertando meu braço com a ponta do dedo para ver a marca branca que deixava. Papai nem me viu; ele fitava algo imaginário subindo pela parede.

— Olhem só isso — ele ficava repetindo.

Quando mamãe chegou, estremeceu ao me ver e perguntou:

— Quer passar um pouco de Minâncora nisso?

Dispensando todo mundo, sentei-me para comer.

— O que está cheirando tão bem?

— Frango grelhado e *wrap* de abacate e maionese de *pecorino* romano e alho — respondeu Nana, silenciosamente esfregando suco de *aloe vera* em meus braços vermelhos e na minha testa roxa.

Meus olhos se encheram de lágrimas de alegria.

À noite, minhas pálpebras estavam praticamente fechadas de tão inchadas. Meus lábios eram imensas linguiças de chouriço e minhas coxas estavam empoladas. Mamãe veio até meu quarto e colocou um pano frio e molhado sobre meu rosto. Ela beijou minha cabeça.

— Pobre rostinho vermelho — disse ela.

Tentei sorrir sob o pano que me cobria o rosto, mas minha pele formigava e parecia retesada. Logo percebi que não doía tanto quando eu não me mexia, quando ficava deitada de costas na cama na potência máxima do ar-condicionado.

E foi exatamente o que fiz. A noite toda. E o fim de semana também. Eu só me levantava para ir ao banheiro.

Estranhamente, era como se estivesse me vendo e não sendo eu mesma. Eu não sentia a queimadura do sol tanto quanto a via. Por um breve momento, perguntei-me por que a vida havia decidido queimar minha pele — particularmente os lábios, quando eu precisava deles para saborear a comida de Nana —, mas logo atribuí o fato ao Plano Mestre. Como se pode questionar um Plano Mestre? Além do mais, minha antiga vida estava acabada, de qualquer forma. E, obviamente, a nova incluía dor.

Mamãe aparecia periodicamente com novos panos para o rosto, Nana com comida fresca (fria, naturalmente). Agradecida, eu tentava dizer "obrigada", mas meus lábios imensos só conseguiam dizer "oigada", então optei pelo silêncio. Até a hora das refeições, quando Nana ia me ver e eu conseguia erguer a cabeça e sussurrar:

— Ainda tem esunto com uel?

Meu mundo encolheu ao tamanho do teto do meu quarto. Eu o olhei por tanto tempo que ele começou a parecer as areias brancas de Zuma Beach, onde Nadine brincava nas ondas sem mim.

21

MEU ROSTO ESTAVA MUITO MENOS ASSUSTADOR NA SEGUNDA de manhã.

— Você vai à escola? — perguntou mamãe.

— Acho pouco provável. — À mesa do café-da-manhã de Nana, eu devorava salsichas e ovos *poché*.

— Deixe-me reformular a frase — disse mamãe. — Você vai à escola.

Ergui os olhos do prato.

— Como posso deixar a vida fluir no confinamento do ensino médio?

O rosto de mamãe franziu-se numa mistura de exasperação e perplexidade.

— Eu só sei que você vai fluir sua bunda até aquele ônibus hoje — disse ela. — E tem vinte minutos para se aprontar.

A vida me disse que era melhor eu dar ouvidos à minha mãe.

*

A Desert Valley High me pareceu completamente diferente. Ainda era feia, mas eu não ligava. Os prédios baixos de concreto assemelhavam-se a *bunkers* agrupados no deserto. Além da cerca enferrujada, o deserto de Mojave estendia-se plano e amplo por quase dois quilômetros até os pés das montanhas marrons.

Enquanto atravessava o campus em meus sapatos verdes do Wal-Mart (que importância isso tinha para mim?), percebi que a maior diferença entre a Fernando e a Desert Valley era a *atmosfera*. A D. V. High era muito mais retrógrada do que minha antiga escola. A cantina (sim, existia uma, mas era velha e nojenta) servia sanduíches de bolo de carne em vez de Big Macs. Muitos dos professores homens usavam barba malcuidada e gravatas amarrotadas. A maior parte das mulheres calçava Birkenstocks. Pelo lado dos professores, era esse tipo de lugar: uma escola que o tempo esqueceu. Pelo lado dos alunos, era mais como *Os donos da rua*, aquele filme antigo sobre o bairro South Central de Los Angeles. Montes de machos se pavoneando e tentando se posicionar, as garotas tanto zombando quanto tomando o partido de seus caras. Não estou dizendo que parecia que fosse haver um tiroteio ou algo assim. Não havia detectores de metal ou câmeras de vídeo por toda parte. Mas havia muita pose — garotos e garotas que ficavam muito tempo à toa, zombavam de todos e achavam que eram o máximo. Para mim, em minha nova perspectiva, a Desert Valley High School parecia um *pit bull* velho e decrépito — mais latia que mordia, tendo inegavelmente passado de seu apogeu, mas não se dispondo a admiti-lo. Afinal, ninguém ali nem mesmo andava de skate. Era como se não soubessem o que estava acontecendo no mundo lá fora.

— Bem-vinda de volta. — Barbara Carver me encontrou diante do meu armário, tão cheio de mossas que mais parecia meu antigo armário na Fernando.

— Obrigada. — Sorri para ela, guardando o sanduíche de mozarela e pimentão vermelho assado que Nana havia preparado para mim e segui para a aula.

— Me encontre aqui para o almoço, O.k.?

— O.k. — respondi. Que importância isso tinha para mim? Barbara era uma amiga tão boa quanto qualquer outra. Pelo menos ela não iria me trocar por uma líder de torcida em menos de uma semana.

Meu sapato de lona de cor pastel guinchava no cimento enquanto eu me afastava. Do outro lado do pátio, um garoto com olhos tão pretos quanto o cabelo me fitava. Eu sorri para ele, mas ele simplesmente respondeu com um gesto de cabeça. Seu olhar me fez sentir como se eu fosse uma chapa de raios X ambulante, como se ele pudesse ver meu tórax se expandir a cada inspiração. Havia alguma coisa em sua intensidade que fez meu rosto corar instantaneamente. Também havia algo nele que me transmitia uma sensação agradável. Seus olhos não estavam me julgando, estavam simplesmente me vendo. Mais tarde nesse dia, eu me vi esquadrinhando as carteiras em todas as minhas aulas, desapontada com o fato de não vê-lo lá.

Academicamente, eu logo descobri que podia me formar na D. V. High dormindo. Geometria? Esqueça. Quem precisava saber o que é um trapézio se Zack Nash não era a recompensa? Optei, então, por cursos em que eu sabia que podia me dar bem e exibir meu rótulo de "fracassada" com o orgulho de só ter notas 10.

Rif abraçou nossa nova escola como se fossem velhos companheiros de guerra ou algo no gênero. Com Rif, era fácil. Ele se enquadrou facilmente no grupo de *bad boys*. Os rebeldes sabem como reconhecer um igual instantaneamente. Em toda parte que ele ia, garotos em largas roupas militares abriam suas fileiras para acolhê-lo. Em toda parte que eu ia, garotas em tops justos fechavam seu círculo para me manter de fora.

Exceto, é claro, uma garota.

— Venha comigo — disse Barbara Carver na hora do lanche.

— Para onde? — Não que eu me importasse com isso. Eu só queria ter certeza de que teria tempo suficiente para comer. Nana havia feito *brownies* de chocolate branco.

— Para longe daqui — disse Barbara.

Dando de ombros, peguei meu lanche, bati a porta do armário e me deixei arrastar ao lado dela na direção da cerca.

Quando saíamos do campus, um aluno encheu as bochechas de ar enquanto o amigo gritava:

— Abram alas! Vai passar um elefante e seu amigo pimentão!

— *Nerds* da mesma laia — gritou outro.

Isso deu início a uma reação em cadeia.

— O Clube das Fracassadas!

— A gorda e a magra!

Eu estava mortificada. Eu nunca havia sido alvo de deboche dessa forma. Minha resolução de deixar a vida fluir dissolveu-se no desejo de empurrar Barbara para longe e explicar para a multidão que se formava: "Eu não sou o que vocês estão pensando. Estou numa pior, só isso. Ninguém nunca puxou o tapete de vocês? Nunca tiveram a sensação de que ninguém entende vocês? Nunca quiseram fazer parte de um grupo mas ninguém os aceitou?"

Era isso o que eu queria gritar, para que eles pensassem melhor, parassem de me julgar como a retardada que desmaiou no primeiro dia na escola, que usava um colchão na cabeça e sapatilhas de lona do Wal-Mart porque a família não podia comprar um tênis de verdade. Eu ansiava por esclarecer o fato de que fora Barbara que me havia procurado como amiga. Eu só estava seguindo a maré, sabem?

— Você está falando comigo? — gritou Barbara para um dos garotos que zombavam da gente.

— É, estou falando com você, sua bunda gorda — gritou de volta o garoto magricela.

— Ignore-o, Barbara — eu disse, corando por ela. Em vez disso, ela me ignorou.

— Está falando *comigo?* — repetiu ela para o garoto.

— Se a bunda serve, use — respondeu ele, dobrando-se de tanto rir.

Barbara largou a mochila no chão e atravessou pesadamente a grama morta. O garoto pareceu amedrontar-se, mas se manteve firme. Ele estava rodeado pelos amigos. De jeito nenhum correria de uma garota gorda.

— Você tem alguma ideia do quanto minha bunda é gorda de fato? — Barbara perguntou a ele. — Tem alguma noção do meu peso?

Eu engoli. Ou pelo menos tentei.

Atônito, o garoto disse:

— Ora, é tão óbvio. Você é, hã, *imensa.*

— Imensa, imensa — repetiu ela, esfregando o queixo com os dedos. — É tão difícil definir exatamente o que significa a palavra "imensa". — Então seu rosto se iluminou. — Já sei! Vou mostrar a você. Vou fazê-lo sentir o quanto eu sou imensa. Assim, você vai aprender. Vai aprender para sempre.

Num movimento surpreendentemente ágil, ela caiu sobre ele. Barbara sentou-se em cima dele, prendendo-o na grama seca no meio do pátio. Com o rosto vermelho, ele se contorcia embaixo dela. Era a coisa mais hilária que eu já tinha visto. Os amigos dele estavam histéricos de tanto rir. A multidão foi crescendo. Procurei no meio dela o garoto que eu tinha visto antes, mas ele não estava lá. Barbara gritou na potência máxima de seus pulmões, enquanto pressionava a bunda gorda em cima dele:

— Está sentindo?

— Saia de cima de mim!

— Diga *por favor*.

— Tire a bunda de cima de mim, seu saco de gordura!

— Ainda não ouvi a palavrinha mágica. — Barbara não afrouxava. O garoto magricela parecia que ia sufocar. Os outros alunos, na verdade, agora estavam torcendo por Barbara.

— Amassa ele, bunda gorda! — guinchou uma das Sylvanas.

— Sai!! — ganiu o garoto. Então, numa voz ofegante e espremida, acrescentou: — Por favor!

Barbara se levantou, limpou a poeira das mãos e disse:

— Acabei minha tarefa de *babá*!

A multidão rugiu, Barbara fez uma mesura, agradecendo. E eu experimentei uma sensação que não estivera nem perto de sentir desde que havíamos chegado a Barstow: orgulho. Tão inesperado quanto neve sobre um cacto, senti orgulho por Barbara Carver ser minha amiga.

*

— A melhor parte de Barstow fica do lado errado da linha de trem.

Barbara me levou num passeio.

— Vamos rápido — disse ela. — Só temos uma hora.

Praticamente correndo, segui Barbara Carver por uma rua secundária coberta de areia. O sol do meio-dia era abrasador. Eu tinha decidido ajudar a vida a me dar uma chance e besuntei o rosto com filtro solar enquanto atravessávamos, apressadas, a Main Street.

— Este lado é onde ficam todos os fast-foods horrendos, os hotéis para gente de passagem, o Wal-Mart.

— Minha mãe trabalha no Wal-Mart — eu disse, envergonhada.

— A mãe de todo mundo trabalha no Wal-Mart!

Exultei.

— A sua também?

Barbara continuou andando rápido.

— Não. Minha *madrasta* trabalha no Wal-Mart. Minha mãe verdadeira mora em Nova York com o namorado.

— Ah. — Eu não sabia o que mais dizer, o que não tinha problema quando estava com Barbara Carver, porque ela sempre sabia.

— Eu tenho esperanças de seguir os passos da minha mãe e encontrar um namorado que me leve para Nova York também. Eu aceitaria até mesmo Victorville ou Palmdale. Desde que não fosse aqui. E desde que fosse um namorado de verdade, não um desses *serial killers* que fingem estar apaixonados por você só para fazê-la entrar no carro dele. Afinal, quão deprimente seria isso? Ter um *serial killer* como primeiro namorado?

Eu simplesmente olhei para ela. O que se diz diante disso?

— O lado errado da linha de trem é a verdadeira Barstow. — Barbara tagarelava, sem que suas palavras tivessem sentido para mim. — Se você correr, podemos almoçar no meu local favorito.

— Eu trouxe almoço — informei.

— Não é como o de lá — replicou ela.

Continuamos a descida até passarmos um edifício velho e comprido de tijolos aparentes.

— Este é o Mother Road Museum — disse Barbara. — Um tédio, a menos que você goste de coisas de estradas de ferro e *memorabilia* da Rota 66.

— Qual é a dessa Rota 66, afinal? — perguntei.

— É como uma estrada imensa que atravessa todo o país. Eles a chamam de "a rua principal da América". Acho que devia ser muito legal quando não havia as autoestradas de grande velocidade. Agora é só uma forma de levar os turistas a atravessar cidades pequenas e ferradas.

Assenti e limpei o suor da testa com as costas da mão.

— Aquela ali eu chamo de Big Moe — informou Barbara, apontando para uma pedra imensa e encaroçada no leito seco do rio Mojave, do outro lado do museu. — A Little Moe fica lá adiante.

— Você dá nome às pedras?

— O que mais tem para se fazer por aqui?

Eu ri.

Barbara atravessou uma velha ponte de ferro que cruzava um rio inexistente, fazendo-a estalar. Eu não podia deixar de pensar que ela era incrivelmente rápida para uma gordinha. Eu a acompanhava com esforço. Ao longo do caminho, ela anunciava pontos de interesse.

"Na Bacia do Arco-Íris, ali embaixo, há muitos fósseis."

"A Cidade-Fantasma de Calico é uma velha vila mineira. É meio brega, mas interessante para os novatos."

"Antigos aborígines um dia viveram naquele vale."

Surpreendentemente, Barbara Carver fazia Barstow soar meio que interessante.

Quando por fim chegamos ao outro lado da ponte, passando pelos trilhos da ferrovia, Barstow mudou completamente. Parecia que estávamos numa caixa de areia gigante, pontilhada de ervas daninhas secas. Se o outro lado de Barstow parecia morto, este parecia morto e enterrado. As casas mais se assemelhavam a galpões. Não havia uma única lanchonete à vista. Barbara então me levou até uma cabana minúscula, com uma placa pintada à mão, onde se lia AQUÍ.

— Estamos aqui — disse Barbara. — Literalmente.

Barbara sabia espanhol o suficiente para pedir *"Lo mismo. Para dos."* Ela explicou que come ali várias vezes por semana, sempre o mesmo.

— O que você pediu? — perguntei.

— Você vai ver — respondeu ela.

O cheiro de coentro e cebola fez minha boca se encher de água. Esqueci totalmente o sanduíche de Nana, deixei a vida me levar para a única mesa lá dentro. Lá fora, operários de construção cobertos de poeira sentavam-se a mesas de piquenique no sol ou em seus caminhões, comendo burritos e bebendo *cervezas*.

— Hoje sou eu que pago — disse Barbara. — Da próxima vez, o almoço é por sua conta.

Não discuti. Principalmente depois de morder o burrito que ela me entregou. Minha boca experimentou uma explosão de sabores. Era defumado e condimentado, e tinha carne grelhada, queijo derretido, molho fresco, abacate e lima-da-pérsia. Era tão gostoso que tive vontade de enterrar o rosto na tortilla morna.

— Bem-vinda à minha Barstow — disse Barbara, sorrindo enquanto mastigava.

22

MINHA FAMÍLIA ADAPTOU-SE RAPIDAMENTE. O QUE ME FEZ
pensar sobre a vida em geral. Você dorme, come, faz dever
de casa, vai para a escola, sai com os amigos, vê tevê, vai para
a cama. Os detalhes são a única diferença. O que, naturalmente, faz toda a diferença do mundo.

Naquela noite, voltei a sentir pena de mim mesma. Sentia saudades de Nadine, de Zack Nash e até de Greg Minsky.
Barbara me fazia rir, mas não era minha *melhor* amiga. Melhores amigos conhecem todos os seus segredos e amam você
da mesma forma. Eu ainda me sentia constrangida demais até
para convidar Barbara para ir à minha casa. Eu ainda tinha
toneladas de segredos para guardar.

O segredo maior, naturalmente — o grande engodo que
ninguém lá em casa ousava revelar —, era o fato de que meu
pai não estava muito diferente agora que vivia sóbrio. Ele
bebia refrigerantes em vez de cervejas. Passava os dias jogado em sua poltrona, os olhos vermelhos de tanto assistir à

tevê. Rosnava com minha mãe, ignorava-nos, mandava Cão Juan calar a boca, arrotava. O pai que um dia eu conheci — engraçado, amoroso, *presente* — ainda estava desaparecido. Começava a parecer que ele havia sumido para sempre.

Naquela noite, eu me deitei de bruços na cama e — embora tenha tentado evitar — chorei até dormir.

Toda semana, eu gastava parte da minha mesada no Aquí. Inacreditavelmente, eu não engordava. A explosão de gordura que eu temia, uma vez que agora me permitia comer de verdade, nunca se materializou. Meu estômago parou de roncar — essa foi a maior mudança no meu corpo. Logo, logo comecei a compreender que a comida não era o inimigo, afinal. Comer em excesso é que era. Eu podia, sim, tomar café-da-manhã, almoçar e jantar e não me transformar na minha mãe! A menos, é claro, que eu comesse como um estivador ou um viciado em fast-food, o que não era o caso. Sentir-me saudável, na realidade, era uma sensação boa.

Ir conhecendo Barbara Carver também era bom.

— A popularidade na escola secundária não significa nada — disse ela um dia a caminho do Aquí. — Pergunte a Johnny Depp. Ele passou por isso.

Barbara não ligava para o que pensavam dela.

— É uma escolha que você tem de fazer — ela me disse. — Você vai dar a alguns adolescentes idiotas poder sobre sua autoestima? Ou você vai se autorizar a ser quem você quer ser?

Quando ela não estava me fazendo morrer de rir, falava coisas profundas assim. E usando palavras bacanas como "autoestima" e "autorizar". Eu nunca tinha conhecido alguém que tivesse tantos motivos para se sentir insegura, mas se sentisse tão segura. Ficar com ela me fez começar a ver as coisas de maneira diferente. Como: a minha felicidade poderia estar em minhas próprias mãos. Mesmo quando coisas ruins aconteciam, eu não tinha de ficar deprimida *para sempre*.

Por mais incrível que parecesse, o Plano Mestre da vida estava me levando para um espaço menos estressante. Embora Nadine estivesse a mais de 200 quilômetros de distância, meu beijo para valer estivesse a anos-luz de distância e meu antigo eu fosse uma lembrança que estivesse se apagando rapidamente, eu tinha Barbara, os burritos, o ar-condicionado, a comida de Nana e as imensas e sedosas orelhas de Cão Juan.

23

SERIA DE ESPERAR QUE ME EU SENTISSE ANIMADA POR TER UM dia sem aula; seria de esperar que eu me sentisse orgulhosa de entrar tão rápido para a lista dos Alunos Mais Promissores da Desert Valley High. Mas a verdade era que minha nova escola estava tão cheia de ignorantes que eu podia tirar conceito A com o cérebro numa tipoia. E a excursão que ofereceram aos trinta que estavam na lista me parecia mais dever de casa. Uma caminhada geológica? Por uma gigantesca formação rochosa chamada Poncheira do Diabo? Bem ao lado da Falha de San Andreas? Por que não podiam recompensar nossa capacidade mental com uma excursão de ônibus na direção contrária: para Las Vegas?

— Usem sapatos de caminhada e várias camadas de roupa — disse o Sr. Rhinehart, professor de geologia e líder da nossa expedição. — É uma caminhada de quase 10 quilômetros, 300 metros de subida, e vocês podem sentir frio enquanto subimos, mas vão sentir calor depois.

Dez quilômetros de caminhada? Perto de uma das maiores falhas geológicas do mundo? Eu *não* estava nem um pouco a fim. Mesmo Barbara também sendo uma dos Alunos Promissores, eu preferiria contemplar meu futuro brilhante no shopping center de Tanger.

— Todo mundo no ônibus! — O Sr. Rhinehart usava short, meias grossas e botas pesadas. As pernas dele eram bronzeadas e musculosas, pernas de quem estava acostumado a andar. O kit de primeiros socorros que ele prendeu à sua mochila não fez com que eu me sentisse mais feliz diante da caminhada por pedras desérticas. Ele não iria sugar veneno de cobra da minha perna, ia? Não teria de fazer uma tala de um galho quebrado de árvore para meu braço quebrado, teria?

— Vamos sentar na frente! — Barbara estava animada com a aventura. A mochila dela pesava com dois gordos burritos do Aquí.

Sentada ao lado de Barbara, já sentindo o cheiro dos burritos, fiquei observando os outros sabidinhos embarcarem no ônibus. Não eram só calouros. O que já dá uma boa pista sobre a escola — de quatro séries, somente trinta alunos eram considerados "promissores". Quase todos nerds demais para serem descritos em palavras.

Exceto um. *Ele.* O garoto que eu vira do outro lado do pátio me observando com seus olhos negros. Meu coração deu um pulo quando ele subiu no ônibus.

Ele usava uma pesada jaqueta militar verde sobre calças largas de estampa de camuflagem. O cabelo era cheio, preto azeviche, num corte à máquina já crescido. Sua pele era de um chocolate ao leite uniforme. Uma cruz de prata pendia do lóbulo da orelha direita. Tudo nele era exótico, assombroso. Ele tinha até uma tatuagem preta circulando a parte superior do braço. Eu já notara antes ao vê-lo na escola com seus amigos latinos.

Quando passou por mim no ônibus, senti seu olhar queimar a minha pele. Seus olhos eram cavernas escuras. Não se podia olhar neles por muito tempo sem cair lá dentro e se debater em busca de ar.

— No caminho, vamos jogar Perguntas e Respostas da Geologia! — disse o Sr. Rhinehart. Barbara e eu resmungamos, mas vários garotos atrás da gente bateram palmas e gritaram, felizes.

— Eu lhes dou uma resposta geológica — prosseguiu o Sr. Rhinehart — e vocês levantam a mão se souberem a pergunta. Mas vocês têm de formular a questão em forma de pergunta.

Ele estava sentado no fundo do ônibus. Eu me peguei desejando ter sentado lá atrás também.

— Divide o tempo em éons, eras, períodos e épocas — começou o Sr. Rhinehart, quando o ônibus deixava a poeirenta Barstow a caminho de nosso destino a uma hora e meia dali.

— O que é a escala do tempo geológico? — alguém gritou.

— Levante a mão, por favor. Mas você acertou!

Eu girei o corpo para ver quem tinha dado a resposta certa, mas acabei cruzando o olhar com o *dele*. Ele não sorriu, não moveu a cabeça nem acenou. Ele simplesmente me fitou com seus olhos negros sem fundo, e senti o corpo todo entorpecer.

*

— Um método que usa a deterioração para determinar a idade das rochas.

Quando chegamos a Pearblossom, Califórnia, e ao Centro de Visitantes da Poncheira do Diabo, eu praticamente tinha uma graduação em geologia.

— O que é datação radiométrica? — alguém gritou do meio do ônibus.

Barbara estava dormindo ao meu lado. Bati delicadamente em seu ombro.

— Chegamos *aqui* — eu disse, sabendo que ela despertaria mais rápido se eu usasse o nome de seu restaurante favorito.

— ¡¿*Aqui*?!

Eu estava certa. Barbara acordou instantaneamente e disse:

— Estou morrendo de fome.

— Desçam todos do ônibus, em fila — disse o Sr. Rhinehart. — Intervalo de cinco minutos para ir ao banheiro, e então seguimos para a trilha.

Olhei à minha volta. Não via nada que se assemelhasse a uma poncheira, satânica ou não. Tudo que eu via eram elevações rochosas e moitas de arbusto ressecadas. E uma trilha longa e ascendente. *Ele* desceu do ônibus e veio em minha direção. Uma corrente de eletricidade de súbito percorreu meus braços. Parecia que ele ia dizer alguma coisa, mas Barbara puxou minha manga e disse:

— Venha. Se não formos agora, vamos ter de usar o *banheiro* do diabo.

Quando Barbara e eu começamos a subir o morro, *ele* estava muito à frente.

— Olhem! O seixo do diabo! O galho seco do diabo!

Barbara fazia piadinhas o caminho todo. Como sempre, ela andava superrápido.

— Aquilo não é a terra seca do diabo?

Enquanto eu corria para acompanhá-la, o ar fresco e as piadas bobas de Barbara me animaram. Creio que algumas emoções são como cólicas menstruais. Quando aparecem, fazem você ter vontade de se encolher na posição fetal. Mas, se você as enfrenta, elas abrandam o suficiente para que você as ignore e siga em frente.

— Mantenham-se na trilha, crianças — gritou o Sr. Rhinehart sobre o ombro para nós. — Vocês não vão querer perturbar as cobras...

— Cobras? — Engoli em seco, olhando para o chão.

Barbara seguia na trilha à frente.

— Cascavéis? — perguntei.

— E outras — ela gritou sobre o ombro.

— Outras? — Corri para alcançá-la.

— Cabeças-de-cobre, corais, mambas, víboras, provavelmente. Esse tipo de coisa.

Dois dos outros Alunos Promissores pareciam querer correr de volta para o ônibus. Como eu, eles esperavam que sua promessa não estivesse prestes a terminar num lugar em que o diabo servia ponche.

— Não se preocupe — disse Barbara, ofegante. — As cobras têm mais medo de você do que você delas.

— Galinhas.

Ergui a cabeça bruscamente. *Ele* estava a alguns passos adiante, de pé sobre uma pequena pedra arredondada na lateral da trilha.

— As cobras preferem as galinhas aos seres humanos.

Barbara grunhiu.

— Certo, como se houvesse galinhas espalhadas por toda parte em Pearblossom.

Ele não piscou. Ficou me olhando do alto e disse:

— Ou ratos, coelhos, camundongos, marmotas... qualquer coisa que possam comer de uma bocada só.

Saltando da pedra, ele parou tão perto de mim que eu podia sentir o cheiro de sua pele. Ela não só parecia chocolate ao leite, como cheirava assim também.

— A menos que seja uma píton — disse ele, não se afastando um só centímetro de mim. — Elas podem engolir um veado... ou você. Se vir uma píton, corra.

— Não tem pítons por aqui, Warren — disse Barbara, exasperada. — Você vai sair do caminho dela ou não?

— Ou não — replicou Warren, os olhos negros cintilando sobre mim.

Meu coração martelava com tanta força que eu tinha certeza de que iria bater no peito dele. Barbara o *conhecia?*

— Quem é a sua amiga? — Warren perguntou a Barbara sem tirar os olhos de mim.

— Ela não é muda — zombou Barbara. — Pergunte a ela você mesmo.

Uma corrente de eletricidade agora percorreu meu corpo inteiro. Eu podia sentir os pelos em meus braços se eriçarem. Pensei que meu coração fosse pular do peito e sair quicando trilha abaixo.

— Quem é você? — ele me perguntou, sorrindo.

— Libby — respondi, a voz esganiçada, de súbito ciente de que a trilha ficava num rochedo íngreme. Então, num lampejo, eu me dei conta da altura de que cairia se me soltasse.

— Oi, Libby. Eu sou Warren Villegranja. Meus amigos me chamam de Warrenville.

parte três

warrenville

24

EU NÃO CONSEGUIA DORMIR. A JANELA DO MEU QUARTO ES-
tava escancarada; o ar frio da noite no deserto resfriava o
quarto, fazia com que eu me aconchegasse debaixo dos cobertores. Cão Juan roncava suavemente aos meus pés. O parque de trailers todo estava adormecido. Mas eu simplesmente
olhava pela janela a faixa azul da lua, e pensava *nele*.

— Pocahontas — Warrenville tinha me dito na escola, no
dia seguinte à nossa excursão, surgindo de repente atrás de
mim diante do meu armário. — Você já leu sobre Pocahontas?

— Acho que não — murmurei.

— A versão do cinema é uma idiotice.

— Ah. — Sem saber o que dizer, me concentrei em enfiar
os livros na mochila. Não que eu fosse precisar deles, mas
minhas mãos tremiam e meus joelhos pareciam de geleia.

— A verdade é que ela só tinha 9 anos quando foi sequestrada pelos colonos de Jamestown. Ela não se parecia em
nada com a gata criada pela Disney.

— Hã-hã.

— E o nome dela nem era Pocahontas. Esse era o apelido dela, tipo P. Diddy ou sei lá o quê. O nome verdadeiro era Matoaka.

— Hã-hã.

— Por que todo mundo tem de mentir? É isso que eu queria saber.

Fiquei imóvel. Ele esperava uma resposta? Teria ele me pegado numa mentira? Teria ouvido falar do meu pai?

— Os adultos dizem que querem que você fale a verdade, mas até isso é mentira — prosseguiu ele. — Ninguém quer ouvir o que se passa de verdade na cabeça de um adolescente. Eles iriam pirar. Pirar. — Então ele me perguntou: — Quer comer alguma coisa?

Eu nunca tinha conhecido alguém como Warrenville. Ele tinha 15 anos, estava no segundo ano, mas parecia mais ter 20. A mãe dele tinha morrido, ele me contou. O pai era funcionário público, e trabalhava a 100 quilômetros dali, em San Bernardino.

— Você gosta de *taco?* — perguntou ele.

— Sim, eu gosto de *taco*.

— Então me siga.

Verdade seja dita: eu teria seguido Warrenville a qualquer lugar.

Em silêncio, cruzamos a ponte de ferro até o lado "ruim" da cidade. Imaginei que estivéssemos indo ao Aquí, mas Warren me levou para uma cabana ainda menor, sem nenhuma placa. Um sino na porta anunciou nossa entrada. Uma senhora com cabelos crespos grisalhos surgiu dos fundos e abriu um sorriso no momento em que viu Warren. Ele a abraçou e eles falaram em espanhol. Quando perguntei se ela era sua avó, ele respondeu:

— Ela é a avó de todo mundo.

Warren pediu *tacos* de bode.

— Bode? — perguntei.

— Confie em mim — disse ele. Então sentou-se à única mesa no lugar. Nervosa demais para comer, dei de ombros e me sentei na frente dele.

— Deixe-me adivinhar — disse ele, estreitando os olhos ao me fitar —, você acha que *taco* é o que você come na Taco Bell.

— Bem, hã, é. — Afinal, o nome é *Taco* Bell.

— Hoje você vai comer um *taco* de verdade.

Naquele momento, a senhora de cabelos grisalhos aproximou-se com passos pesados e colocou dois pratos na nossa frente. O vapor subiu e beijou o meu rosto. Cheirava a carneiro e coentro.

— Experimente — disse Warren.

Engoli em seco. Então peguei uma das tortilhas de farinha de milho quentes e macias, dobrei-a sobre a carne quente e mordi. O suco fresco de lima intensificava o sabor do bode assado. A tortilha tinha gosto de pão de milho. Era fantástico.

Warren sorriu. Eu sorri também. Ao todo, comemos seis *tacos* de bode, bebemos suco de manga e não falamos quase nada. O que, estranhamente, pareceu perfeito.

Quando cheguei da escola naquela tarde, a geladeira havia desaparecido; nossa sala de estar parecia uma sala de estar. Papai havia deixado um bilhete dizendo: "Fui procurar emprego." Rif estava no quarto fazendo dever de casa. Mas nenhum desses era o fato mais extraodinário do dia. *Barbara estava comigo*. Eu estava tão feliz por causa de Warren que resolvi engolir meu constrangimento e deixar Barbara ver onde eu morava. Eu queria praticar me abrir em vez de me esconder. Assim, prendi a respiração, mordi a mucosa da boca e levei minha amiga até o asilo.

— Vocês têm uma piscina! — gritou Barbara quando descemos do ônibus e passamos sob o arco em que se lia BEM-VINDO AO SUNSET PARK.

Mim acenou de sua espreguiçadeira quando passamos.

— Venha dar um mergulho — ela gritou.

— Não, obrigada — respondi.

Então Barbara me surpreendeu ao perguntar:

— Por que não?

— É — gritou Mim —, por que não!? Você ainda está com o meu maiô?

— Quem sabe mais tarde — gritei, enquanto puxava a manga de Barbara.

— É tão limpo aqui — disse ela. — Os jardinzinhos são todos tão arrumadinhos!

Enquanto puxava Barbara, entrando no Sunset Park, percebi, pela primeira vez, do que ela estava falando. Passamos por um trailer com um jardim de bonsais na frente. Uma ponte minúscula transpunha um rio de pedras lisas e pretas. Um Buda branco meditava sob uma árvore em miniatura. Outro trailer exibia um tema invernal, com pedrinhas brancas fazendo as vezes de neve e uma rena falsa com o nariz pintado de vermelho vivo. Era tudo, na verdade, engraçadinho. Eu havia passado por eles todos os dias e nunca tinha notado.

— Minha avó mora aqui — eu disse, levando Barbara até a cozinha de Nana e apresentando-as.

— Uau! — Barbara exclamava repetidamente dentro da casa de Nana. — Uau! Isso é demais!

— Garotas, vocês querem uma saladinha de kiwi? — ofereceu Nana.

— Sim! Uau!

Comemos nosso lanche e então me preparei para o momento da verdade.

— Nosso trailer é por aqui — eu disse, nervosa, indicando a porta dos fundos. Barbara me seguiu.

— Trailer? De jeito nenhum. Eu já vi trailers. Isto aqui não é um trailer!

— Bem, tecnicamente, eles o chamam de casas móveis, mas...

— É tão fresquinho aqui dentro!

Um jato de ar-condicionado nos atingiu em cheio no momento em que cruzamos a porta.

— Minha casa é tão quente que você sua no chuveiro! — disse Barbara. — Aqui dentro é como chá gelado. Revigorante!

Revigorante? Morar num trailer? Em Barstow? Com um bando de velhos?

Foi aí que percebi que a geladeira havia desaparecido e papai tinha agido como um pai normal, levantando-se do sofá e indo procurar emprego. Com o imenso elefante branco fora dali, nossa sala parecia incrivelmente normal. Eu podia ouvir o CD player de Rif mais adiante no corredor.

— Me mostre o seu quarto! — disse Barbara.

Eu a levei até lá. Eram quatro paredes e uma janela e uma cama perpetuamente desfeita. Tinha uma escrivaninha branca e uma cadeira de vime e uma estante entulhada de coisas. Meu armário era cheio com minhas roupas velhas de antes, e meu pijama estava pendurado num gancho atrás da porta, onde eu o deixara naquela manhã. Ali de pé, no meio do meu quarto, vê-lo através dos olhos de Barbara, foi uma revelação. Ele pareceu estranhamente normal. Talvez morar num lar de idosos móvel não fosse assim tão estranho.

Revigorante!

25

NANA O PLANEJARA POR SEMANAS — O ANO TODO PROVA-velmente — e todo o parque de trailers sentia-se grato por isso. O jantar de Ação de Graças na sala de recreação era o evento do ano. Nana era a responsável, todos eram convidados, e todo ano escolhiam um tema diferente.

— Este ano é chinês! — anunciou Nana numa reunião que fizera para eleger o comitê de decoração.

— Podemos pendurar lanternas em torno da piscina — sugeriu Charlotte.

— Ou um daqueles dragões de papel! — guinchou Mim.

Frieda, uma viúva que morava na Heavenly Way e tivera um derrame no ano anterior, gritou: "Fouos!", mas ninguém a entendeu porque um lado do seu rosto estava paralisado. Isto é, ninguém, exceto Gracie.

— Fogos — traduziu ela.

— Fabuloso!

Naquele ano, Nana resolvera combinar o Dia de Ação de Graças com a festa de boas-vindas do nosso trailer. Pediram a Mim que fizesse talharim ao gergelim, em vez de seus famosos feijões assados; Charlotte fez um bolo com uma camada de sorvete de chá verde. Todos estavam animadíssimos com o grande evento. Todos, menos eu.

— Devo convidá-lo? — perguntei a Barbara.

— Sim.

— Aí ele vai saber que gosto dele de verdade.

— Então não o convide.

— Ele já me disse que o pai dele quer que ele passe o Dia de Ação de Graças na casa da tia em Riverside, e que ele não quer ir. Eu estaria lhe fazendo um favor.

— Então o convide.

— Como é que eu posso convidar alguém que mal conheço para uma festa com a família toda? E todo o parque de trailers!

— Então não o convide — resmungou Barbara.

Barbara estava mais do que cansada de falar em Warrenville. Ela revirava os olhos todas as vezes que eu mencionava o nome dele. Barbara iria passar o fim de semana do feriado de Ação de Graças conosco. O pai e a madrasta iam levar os filhos da madrasta para a Disney World na Flórida. Uma experiência que Barbara já tivera antes.

— Eu precisaria de outras férias depois de passar o feriado com os pirralhos — ela me disse. Assim, perguntei a mamãe se Barbara poderia passar a noite no nosso trailer e o Dia de Ação de Graças conosco. Ela me disse que falasse com Nana, que, naturalmente, disse sim.

— Convide os pirralhos também! Quanto mais gente, melhor.

— Não vou convidá-lo — eu disse a Barbara, lembrando-me de repente da promessa que fizera a mim mesma quando Nadine me fez sentir uma fracassada por não ter um namorado. — Vamos ser só nós.

— E todo o parque de trailers — completou Barbara.

— Tem razão. Devo convidá-lo?

Ela suspirou.

— Ele é bem estranho, você sabe — observou ela.

— E você é normal? — perguntei.

— Ele nem gosta do Aquí!

— Eu sei. Mas eu gosto dele. O que posso fazer?

O que eu podia fazer? O *clique* que ouvi em meu cérebro foi alto e distinto. Warren e eu *combinávamos*. Eu sabia disso. Éramos ambos de fora. Mas era bom estar de fora se fosse com ele.

Alguns dias antes, na escola, Warren surgiu atrás de mim e perguntou:

— Já cantou uma composição polifônica vocal italiana do século XIV?

— Hã? — perguntei.

— Deveria, porque você é uma Madrigal.

De outra vez, ele cobriu meus olhos com as mãos, como Greg Minsky costumava fazer, e ficou lá parado atrás de mim, calado, até que eu disse:

— Eu sei que é você, Warren.

Eu sempre sabia quando Warren estava perto de mim. O corpo dele inteiro irradiava calor. Diferentemente de Greg Minsky, eu não me importava que Warrenville ficasse tão perto de mim a ponto de eu sentir os músculos do seu corpo.

257

Desde que eu conhecera Warrenville, tudo parecia diferente. O pôr-do-sol no deserto era a coisa mais espetacular que eu já vira. Heliotrópios selvagens púrpura eram impressionantes. Redemoinhos de areia e arbustos e *tacos* e centopeias eram incrivelmente lindos. Até mesmo observar Dirk vendo tevê era maravilhoso, por causa da expressão angelical em seu rosto. Ver minha mãe toda afogueada depois de um ótimo dia no Wal-Mart me enchia de alegria. Os dedos de Nana, cobertos de massa, repentinamente se transformavam em raios de sol que me deixavam feliz só de olhá-los.

Seria esse o começo do amor? Eu não sabia. Era ele o cara que eu queria beijar para valer? Definitivamente, sim.

— Eu devia convidá-lo — falei. — A menos que você ache que eu não devia.

Barbara grunhiu ainda mais alto e se afastou.

O Sr. Belfore usava um robe de cetim como quimono e meias com os chinelos de dedo. Ele morava na Nirvana Street e era considerado excêntrico por todos no Sunset Park. O que era bastante, levando-se em conta o armário-banheiro de Nana e a cabana de palha que Charlotte usava como chapéu. O Sr. Belfore chegou ao jantar de Ação de Graças com um *hashi* atrás de cada orelha.

— Eu queria usá-los no cabelo — explicou ele —, mas não tenho cabelo.

Barbara encontrou um casaco no estilo Mao num brechó na Main Street e o usou com calça azul-marinho e sapatilhas chinesas de lona preta. Mim segurava um leque chinês. Não tendo conseguido encontrar nada melhor, eu usava uma saia longa preta e uma blusa de cetim vermelho. Para completar o *look*, pintei as unhas no esmalte vermelho Vruuum! de mamãe, e a fiz comprar para mim o batom mais vermelho que havia no Wal-Mart. Para ser sincera, eu não estava nada mal.

Surpreendentemente, até mesmo minha mãe e meu pai incorporaram o espírito de Ação de Graças. Papai comprou uma caixa de biscoitos da sorte e os distribuiu a todos; mamãe fez uma bolsinha com uma embalagem vazia de entrega de comida chinesa com lantejoulas coladas e tudo mais. Meus pais, na verdade, pareciam felizes. Papai, após um mês de Desintoxicação Zumbi pela tevê, estava aos poucos voltando à vida. Depois do feriadão, tinha uma entrevista de emprego em uma agência de automóveis em San Bernardino. Mamãe, cansada dos pés doloridos, comprou sapatos maiores, mais confortáveis, e entrou para o Vigilantes do Peso.

— Perdi um quilo! — ela anunciou no café-da-manhã. — Só faltam mais nove!

Esperei que papai dissesse: "Nove? Você não quer dizer dezenove?", mas ele apenas sorriu e disse:

— Está no caminho certo, Dot.

Rif e eu nos entreolhamos como se nossos pais fossem alienígenas. Dirk começou a chorar e disse:

— Estou tão feliz!

Depois do café-da-manhã, Barbara chegou e ajudamos Nana a rechear o peru com nozes e amendoim. Mais tarde, enchemos a piscina com pequeninas lanternas flutuantes e bruxuleantes. Mim queria comprar carpas para que nadassem na piscina, mas Gracie lhe disse que elas morreriam no cloro. Inacreditavelmente, mamãe encontrou peixinhos à bateria no departamento de brinquedos de seu trabalho. Eles "nadavam" pela piscina e tudo.

O Sr. Belfore nos ajudou a arrumar mesas retangulares em torno das bordas da piscina, de modo que todos ficassem de frente uns para os outros, tendo a água cintilante no centro. Quando estava tudo arrumado, Frieda disse:

— Tá uito buíto!

Ninguém precisou da tradução de Gracie para saber o que ela dissera.

— Está mesmo muito bonito, Frieda — concordou Mim.

Enquanto Barbara verificava a batata-doce temperada com gengibre de Nana, escapei até nosso trailer para dar um telefonema.

— Nadine?

— Libby! Feliz Dia de Ação de Graças!

— Para você também. É por isso que estou ligando.

— Como você está? — ela perguntou.

— Estou bem. Vamos jantar agora na piscina. Daqui a pouco vai estar todo mundo lá. E você?

— Curtis está vindo para cá. Minha família está aqui.

— Você já...?

— Ainda não. E você?

— Não. — Ambas sabíamos do que estávamos falando. Um beijo para valer.

— Eu estou torcendo para que o meu aconteça esta noite — disse Nadine.

— Eu torço também. Por você.

— Obrigada.

Nenhuma das duas disse nada por alguns longos segundos. Nós costumávamos nos enrolar no silêncio uma da outra como em velhos cobertores de flanela. Eles eram confortáveis, familiares. Agora, nossos silêncios eram constrangidos, cheios de coisas que nenhuma das duas queria dizer.

— Bem...

— Bem, mande um oi para sua família por mim.

— Você também.

— Então tá.

— O.k.

Ela parecia aliviada. Eu me sentia triste. Sabia que minha amizade com Nadine tinha acabado. Bem, não *acabado* exatamente, só nunca mais seria a mesma. Um mês antes, eu teria pensado que isso era impossível. Mas ali estava — em menos de três semanas, nossas vidas já seguiam rumos diferentes.

— Atenção, ouçam, todos! — Nana se encontrava de pé ao lado do trampolim, com uma grande tigela de vidro nas mãos. — Àqueles que são novos, nós lhes damos as boas-vindas.

A multidão grisalha e suas famílias explodiram em aplausos. Meus pais sorriram. Mamãe arrumou a bolsa reluzente no braço. O Sr. Belfore bateu o *hashi* na taça de vinho.

— Temos uma tradição de Ação de Graças aqui no Sunset Park — continuou Nana. — As Preces de Agradecimento. Ao lado de cada prato, há um pedaço de papel e uma caneta. Seu pagamento pelo banquete que estamos prestes a compartilhar é escrever uma coisa pela qual se sente grato. Algo que aconteceu nesse ano que passou.

— E se tiver sido o pior ano de sua vida? — alguém brincou.

— Mesmo nos piores momentos, há sempre alguma coisa a agradecer.

Eu estava começando a ver que ela podia ter razão.

— Vou passar essa tigela pelas mesas. Ponha sua Prece de Agradecimento nela, e vamos completar a cerimônia assim que todos tiverem acabado.

Rif zombou.

— Quanto tempo isso vai levar? Estou morrendo de fome.

Eu dei de ombros e peguei a caneta. Tudo que me ocorria escrever era Warren, Warren, Warren, sem parar. Eu me sentia tão grata por Warrenville ter entrado em minha vida! Embora eu tenha decidido não convidá-lo, por consideração a Barbara, ele estivera em minha mente e em meu coração o dia todo.

— O que você escreveu? — Barbara perguntou depois de eu depositar minha Prece de Agradecimento na tigela e passá-la adiante.

— Alguma coisa — eu disse, sorrindo. Então acrescentei: — Estou feliz por estarmos só nós duas esta noite. — Sem Barbara, eu não teria tido ninguém.

O sol começava a tingir o céu de laranja quando Nana pegou a tigela de Preces de Agradecimento e a levou até a churrasqueira que armara num dos cantos. Pequenas chamas bruxuleavam acima da borda. Ela pousou a tigela, mergulhou uma das mãos no mar de papéis e começou a ler em voz alta.

— Eu agradeço por mais um ano de vida.

— O aumento no benefício da Seguridade Social.

— Os passes livres para a terceira idade.

Depois de ler cada uma, ela a jogava no fogo e nós a observávamos crepitar em direção ao céu.

— Lipitor.

— Fosamax.

— Viagra.

Todos se alvoroçavam diante da litania de medicamentos. Nana continuou a ler.

— Eu me sinto grato pela saúde dos meus pais.

— Por um teto sobre nossas cabeças... ainda que seja um teto de metal.

O grupo riu novamente. Nana olhou para mamãe e sorriu.

— Por novos amigos. — Barbara olhou para mim e sorriu.

— Óculos escuros. — (Essa era de Rif, naturalmente.)

— Óleo de gergelim torrado. — Todos sabiam que essa era de Nana. — E refeições em família.

— Sapatos ortopédicos.

— Netos.

— Domingos.

— Por aprender a deixar a vida fluir.

Sim, essa era a minha. Era constrangedor ouvi-la assim, em voz alta. No entanto, eu estava contente por tê-la escrito. Embora não tivesse muita certeza de saber como seria deixar a vida me levar em todos os aspectos, eu me sentia incrivelmente grata por estar começando a aprender. Um mês atrás, minha vida havia acabado. Agora, eu tinha a sensação de que uma nova vida estava começando. Eu me sentia triste por perder o que tinha, mas — surpreendentemente — me sentia animada diante do futuro. É estranho como tudo pode melhorar de repente quando seu mundo inteiro está descendo pelo ralo.

Nana prosseguia a leitura das Preces de Agradecimento.

— Cirurgia ocular a *laser*.

— Cirurgia plástica.

O grupo reprimiu o riso novamente. Nana finalmente queimou a última das preces. Ela juntou as mãos, inclinou a cabeça para trás e disse:

— Deus, por favor, aceite nossos agradecimentos. Todos nós esperamos falar de novo com você em nosso jantar do ano que vem. — Em seguida, ela gritou: — Vamos comer!

Com isso, vários dos netos mais velhos começaram a desfilar com seus pratos de comida fumegante. O ar cheirava a gengibre e cebolinha. Juan latia debaixo da mesa. Nana passou por mim e beijou o alto da minha cabeça.

— Tacos de bode!

Uma voz familiar gritou do lado de fora do portão da piscina.

Au. Au.

O grupo parou de passar a comida e olhou para lá. Meu coração se alvoroçou.

— Eu agradeço pelos tacos de bode e a pimenta mexicana.

Warren abriu o portão e entrou.

Eu me levantei.

— O que você...? Como você...?

O grupo voltou a tagarelar, estendendo as mãos, servindo-se e comendo.

— Eu agradeço por essas costeletas de porco — ouvi o Sr. Belfore dizer.

— Barbara me convidou — disse Warren, enquanto ela deslizava para o lado a fim de abrir espaço para ele.

Eu olhei para ela, boquiaberta.

— Uma pessoa pode ter um namorado *e* uma melhor amiga, não pode? — perguntou ela baixinho.

Melhor amiga? Namorado? Eu estava feliz demais para deixar que qualquer um desses rótulos me deixasse constrangida. Não nessa noite, quando tudo parecia tão perfeito. Jogando os braços em torno de Barbara, eu não conseguia parar de sorrir. Nana veio até onde estávamos.

— Peço desculpas pelo atraso — disse Warren, estendendo a mão timidamente. — Sou amigo de Libby, Warren Villegranja.

Nana apertou-lhe a mão calorosamente.

— Qualquer um que agradeça por tacos de bode e pimentas mexicanas será sempre bem-vindo em minha casa.

26

EU SUSPEITAVA QUE EM ALGUM LUGAR POR AÍ HOUVESSE jantares de Ação de Graças como esse. Nós rimos, saboreamos a comida e desfrutamos da companhia um do outro sem aquela tensão grossa como pirão encaroçado.

Mamãe estava no outro lado da piscina e papai devia estar perambulando em algum lugar. Rif acenou com a cabeça, dizendo oi. Ele já vira Warrenville na escola. Dirk ria, corado.

— Panqueca de cebolinha? — Barbara ofereceu a Warren.

— Por que não?

Comecei a explicar minha avó pancada e suas tradições, mas Warren não estava preocupado com isso. Ele fez um pratão e comeu com grande apetite. Sob a mesa, ele apertou meu joelho. Meu corpo todo se encheu de luz por dentro. Eu me senti viva e incrivelmente calma. Warren se ajustava tão fácil e naturalmente que me esqueci de ter vergonha do parque de trailers e de meus vizinhos idosos. Eu até abracei Mim e deixei Juan se acomodar em suas papadas. Repeti de todos os pratos sem me preocupar uma única vez que minha blusa de cetim pudesse explodir todos os seus botões chineses. O Dia de Ação de Graças só acontecia uma vez por ano, afinal.

Enquanto as velas bruxuleavam sobre a piscina, as lanternas de papel oscilavam na brisa do deserto, e o cheiro de alho e gengibre infundia o ar, eu me senti mais feliz do que em qualquer outro momento da minha vida. Não era por causa de Warren nem de Barbara nem do Dia de Ação de Graças. Era mais do que isso. De repente, sem o badalar de sinos nem o toque de clarins, eu me sentia total, completa e absolutamente *normal*.

— Elizabeth Madrigal?

Um homem com uniforme de policial chamou atrás de mim. Imediatamente entrei em pânico. Vieram-me flashes de Chatsworth e da prisão de Rif e de cobradores à porta.

— Sim? — respondi debilmente. — Eu sou Elizabeth Madrigal.

— Tem alguma outra Elizabeth Madrigal? — perguntou ele, parecendo confuso. — Mais velha?

— Ah! Sim! Minha avó. — Com o coração martelando, eu me levantei e, dando a volta na piscina, levei o policial até Nana. O rosto dela foi se tornando sombrio à medida que ele se aproximava.

— O que aconteceu? — perguntou ela, abruptamente.

— Houve um acidente — respondeu ele baixinho. — Seu filho. Ele está bem, mas está no hospital.

— Meu filho?

Tanto Nana quanto eu giramos o corpo a fim de procurar meu pai com os olhos. Mamãe encontrava-se sentada sozinha, perto do trampolim, ao lado de Frieda. Outra onda de pânico percorreu meu corpo. Onde estava meu pai?

— Ele deve estar no banheiro — apressei-me a dizer.

O policial pousou a mão gentilmente em meu ombro.

— Sinto muito — ele disse.

Nana entrou em ação.

— Libby, vá chamar sua mãe e seus irmãos e me encontre no portão.

Aturdida, fiz o que me mandavam. Não disse uma só palavra a Barbara ou Warren, apenas segui minha família até o portão de entrada do Sunset Park, onde silenciosamente esperamos um táxi. Nosso velho Toyota, o único carro da família, se fora.

Ninguém conseguia falar. Estávamos atordoados demais, magoados demais, para formular quaisquer palavras.

— Eu não queria que ninguém sentisse o cheiro de cerveja no meu hálito — explicou papai, bêbado, de seu leito no Hospital Geral de Barstow. — Eu ia pedir uma porção extra de cebola.

Meu pai havia deixado o jantar de Ação de Graças para ir de carro até a única loja de bebidas aberta na cidade e comprar um pacote de cerveja. Ele ficara sentado lá, no estacionamento da loja, entornando uma lata após a outra. Então, para cobrir seu rastro, seguira para o McDonald's para comer um hambúrguer com uma porção extra de cebola. Só que ele estava bêbado demais para dirigir. O para-lama direito do carro de meu pai batera no canto do vagão de trem transformado em McDonald's, arrancando-o de sua base. Felizmente, a lanchonete estava fechada por causa do feriado.

Ninguém se machucou, exceto meu pai, que quebrou o nariz. O chefe dos bombeiros nos contou que o encontraram desmaiado ao volante.

— Por quê, Lot? — perguntou mamãe no hospital. — Por quê?

Essa era uma pergunta para a qual todos queríamos a resposta. Ele estava indo tão bem! Mas papai não disse nada. Deixou pender a cabeça e ficou lá sentado, como um zumbi, os óculos caindo do nariz enfaixado. Eu não conseguia mais olhar para ele. Estava tão decepcionada que queria enterrar a cabeça em um travesseiro e soluçar.

Grande agradecimento.

Grande começar a ser normal.

27

O ACIDENTE DE PAPAI CHEGOU AO NOTICIÁRIO LOCAL DAQUELA noite e à primeira página do jornal na manhã seguinte. A fotografia no jornal era horrível demais para pôr em palavras. Meu pai estava algemado e atordoado, o nariz sangrando. Dois policiais uniformizados o ladeavam. A legenda dizia:

ACOMPANHA FRITAS?
Motorista bêbado de Barstow se choca contra pitoresco restaurante McDonald's

Meu pai: "Motorista bêbado de Barstow". Eu me sentia como se alguém tivesse expulsado todo o ar da minha vida. Estava esvaziada, oca. E o pior de tudo? Não ouvira uma só palavra de Warrenville. Nem uma única notícia durante todo o feriado de Ação de Graças.

*

Se alguém me perguntar, vou dizer que *todos* nós fomos presos. Mamãe nos fez ficar atrás de papai, como uma família, diante do juiz de Barstow. O martelo dele bateu na madeira com um ruidoso *claque*.

— Sua carteira de motorista está suspensa por seis meses — determinou ele. — O senhor pagará os prejuízos do McDonald's, cumprirá 180 horas de serviço comunitário e irá direto para o centro de reabilitação.

Mamãe ergueu a mão.

— Sim? — perguntou o juiz, parecendo aborrecido.

— Eu estava pensando, meritíssimo, se o senhor poderia mandar toda a família para o aconselhamento?

Rif arquejou. Eu bati o pé e Dirk começou a chorar. Nana, mantendo-se ereta e orgulhosa a nosso lado, acrescentou:

— Eu apoio esse pedido.

O juiz revirou os olhos.

— Não posso forçar sua família a nada, Sra. Madrigal. Mas vou sugerir veementemente ao conselheiro de reabilitação de seu marido

Rif explodiu.

— Inválido!

O juiz estreitou os olhos ao fitá-lo e perguntou:

— Você é Richard Madrigal?

Rif engoliu em seco.

— Sim, meritíssimo, ele é meu filho — respondeu papai.

Olhando-o através dos óculos de meia-armação, o juiz folheou uma pasta em sua mesa.

— Você completou o *seu* serviço comunitário? — perguntou então a Rif.

Rif continuou fitando o vazio à sua frente, sem voz.

— O computador apresentou seu nome — informou o juiz. — O fato de você mudar não significa que esteja isento de pagar sua dívida com a sociedade.

— Eu não tive intenção de dizer que sua decisão era inválida. De verdade, senhor. — Rif piscou e tentou parecer inocente.

— Richard, seu serviço comunitário começa este fim de semana. Vai remover o grafite das pedras no leito do rio Mojave. Isto é uma ordem.

Big Moe e Little Moe?, eu me perguntei.

— Você receberá o material necessário — acrescentou o juiz. — Não se esqueça de usar filtro solar.

— Mas... — começou Rif.

— Próximo caso. — O martelo do juiz desceu com força.

No caminho de casa, mamãe também baixou o martelo.

— Esta família vai se recompor, custe o que custar. — Então, perguntou: — Quem está com fome e quer um *lanchitcho* de baixa caloria?

28

LÁ ESTÁVAMOS NÓS. TODOS NÓS. EM *TERAPIA*. ARGH. A REABI-
litação de papai era em Victorville, portanto nós também íamos até lá para sessões de terapia familiar com ele.

— Por que vocês estão aqui? — perguntou o terapeuta
na primeira sessão. O nome dele era Josh e, como ele não
nos pediu que o chamássemos de Dr. Josh, presumi que ele
nunca passara pela faculdade de medicina.

Josh foi de um em um no círculo.

— Rif? Por que você está aqui?

— É um passeio em família — respondeu ele, sarcástico.

— Lot?

— A justiça me mandou.

— Libby?

— Minha mãe me mandou.

— Dirk?

— Não sei.

— Elizabeth?

— Estou aqui pelo meu filho.

— Dot?

— Não sei mais o que fazer.

Josh-Só-Josh assentiu com a cabeça.

— Alguém está aqui porque precisa de ajuda?

Ficamos ali sentados, rígidos e calados, como seis árvores na floresta petrificada de Madrigal.

— Muito bem — disse Josh, ajustando seus óculos sem armação com os dedos esguios e femininos. — Nas próximas semanas, talvez vocês tenham outra ideia sobre o motivo de estarem aqui. Neste grupo, vamos chorar, gritar, rir, nos sentir péssimos, nos sentir ótimos, nos sentir péssimos novamente. Pensem numa emoção, vão experimentá-la. O objetivo é explorar completamente o que significa crescer numa família alcoólatra, o que significa ser alcoólatra, o que acontece com o cônjuge de um alcoólatra e como alguns filhos se comportam e reagem sob o estresse disso tudo.

— Eu não sou alcoólatra — murmurou papai.

Rif e eu trocamos olhares.

— Este é o ponto perfeito para começarmos — disse Josh. — *Definições*. Todos prontos para começar?

Ninguém disse uma única palavra. Assim, o terapeuta magricela, com bastos cabelos castanhos e camisa branca amarrotada, que aparentava ainda estar no ensino médio, começou sozinho.

— O alcoolismo é uma doença crônica que com frequência se agrava com o tempo e pode matá-lo se não for tratada.

Papai suspirou. Nana assentiu. Mamãe remexeu a bolsa à procura de um lenço de papel.

A única janela na sala de terapia era coberta por persianas verticais. Não que houvesse alguma coisa para olhar lá fora. Mas fitar um estacionamento era melhor do que ficar sentada num círculo, "partilhando meus sentimentos" com Só Josh e minha família.

— Basicamente, se o uso do álcool está causando *qualquer* perturbação contínua na vida pessoal, social, espiritual ou econômica de um indivíduo, e este não para de consumir o álcool, isso caracteriza uma dependência *nociva*. Frequentemente, a negação e a racionalização se tornam um modo de vida. Isso lhes parece familiar?

Mamãe olhou para suas mãos.

— Eu não estou em negação — disse papai. — Só não sou alcoólatra.

Rif riu alto. Papai fuzilou-o com o olhar.

— Rif, você tem alguma coisa a dizer? — indagou Josh.

— Sim — disse Rif. — Cinco palavras: Parque de trailers de Barstow.

O restante de nós prendeu a respiração. Ninguém jamais havia enfrentado meu pai dessa maneira. Em público, ainda por cima. Voltei a olhar para a janela. Se estivesse aberta, eu teria saltado de lá.

— O que você quer dizer com isso? — perguntou Josh.

Corajosamente, Rif olhou direto para papai.

— Se você não é alcoólatra, papai, por que perdeu seu emprego e nossa casa? Por que tivemos de mudar para um trailer comprado pela sua mãe?

— É, Lot — disse mamãe. — Por quê?

Nesse momento, pensei na possibilidade de me atirar com vidro e tudo. Qualquer coisa para sair daquela sala. Papai aparentemente tivera a mesma ideia. Seu rosto ficou vermelho. As narinas tremiam quando ele se levantou e disse:

— Eu não tenho de aturar esta bosta. — Chutando a cadeira, papai se dirigiu para a porta.

— Na verdade, Sr. Madrigal — replicou Josh —, tem sim. Isso faz parte da sua reabilitação ordenada pela justiça.

Papai se deteve. Mas não se sentou.

— O senhor prefere ir para a prisão? — acrescentou Josh com a voz suave.

Sua pergunta pairou no ar. A tensão na sala parecia uma sela em minhas costas. Subitamente, eu tive vontade de gritar e socar as paredes com as mãos. Queria arrancar a letra escarlate do meu peito, deixar de ser a filha do "Motorista Bêbado de Barstow". Eu queria *respostas!* Por que papai tinha recomeçado a beber depois de parar? Como é que Nadine se recuperara tão rápido? Por que Warren não me liga ou sequer me olha na escola? Quando o vi no campus, podia jurar que ele tinha me visto, mas ele desviou os olhos rapidamente e permaneceu no círculo fechado de seus amigos. Por que tudo sempre dava errado no momento preciso em que parecia que, pelo menos por uma vez, daria certo?

Barbara dissera: "Garotos são imbecis." Mas eu sabia que isso não era verdade. Não Warren. O problema estava em mim. Havia alguma coisa errada *comigo*.

— Por favor, sente-se, Sr. Madrigal — disse Josh.

Papai sentou-se. Ele cruzou os braços diante do peito e curvou-se tanto na cadeira que quase desapareceu.

Por alguns longos momentos, Josh nada disse. Ninguém falou. Era o silêncio mais ruidoso que eu já ouvira. Por fim, Josh limpou a garganta e olhou cada um de nós nos olhos.

— Queria tentar algo um pouco informal. Todo mundo topa?

Todos nós continuamos calados.

— Eis o que eu gostaria de fazer — disse ele. — Para nossa próxima sessão, quero que cada um de vocês escreva uma carta para Lot sobre como o hábito dele de beber vem afetando vocês individualmente. As cartas devem ser específicas e francas. Ponham a alma para fora. Digam a ele como se sentem de verdade. Vamos lê-las na próxima sessão. Estão todos dispostos?

Mamãe sacudiu a cabeça com energia. O restante de nós deu de ombros.

— O que devo fazer? — perguntou papai.

— Ouvir — respondeu Josh.

29

ESCREVER AQUELA CARTA PARA MEU PAI FOI UMA DAS COISAS mais difíceis que já fiz. Fiquei segurando a caneta por mais de uma hora antes que as palavras começassem a fluir. Depois de tantos anos sem dizer nada, parecia que eu o estava apunhalando pelas costas. Afinal, ele era o meu *pai*. Como eu poderia lhe dizer a verdade nua e crua?

Mas eu disse. Botei tudo para fora numa carta. Mas ainda precisaria encontrar a coragem de lê-la em voz alta para ele.

Nana nos levou de carro até Victorville na semana seguinte. No caminho, minha família conversou sobre escola, areia, comida tailandesa, carboidratos — tudo, menos as cartas que todos nós levávamos. Eu estava um trapo. Será que meu pai me odiaria depois que eu lesse a carta? Ele se recusaria a voltar para casa? Seria esse o começo do fim de minha família?

Josh nos recebeu a todos com apertos de mão. Papai já estava na sala de terapia. Ele deu um beijo em mamãe, abraçou a mãe e os filhos. Parecia relaxado. O que fez com que eu me sentisse ainda pior. Como eu poderia magoá-lo quando ele estava morando ao lado de um centro de reabilitação, dando duro para melhorar?

— Vamos começar — disse Josh. Todos nos sentamos e ele disse: — Primeiro, quero dizer que sei o quanto foi duro para todos escrever sua carta. Também quero reconhecer o quanto vai ser difícil para Lot ouvir o que a família tem a dizer. Mas vocês precisam sentir a dor antes de se curarem. E a cura é o que todos buscamos aqui. Quem quer ler sua carta primeiro?

Dirk levantou a mão.

— Vá em frente, Dirk — instou-o Josh.

Dirk abriu a carta e começou a chorar.

— Não tem problema se quiser chorar — disse Josh, suavemente. — Podem sentir tudo que estão sentindo.

Posso ter vontade de saltar da janela?, eu me perguntei, o pulso acelerado.

Fungando, Dirk leu a sua carta.

"Querido papai,

Quando você bebe, você me assusta. Você grita com a mamãe e com Juan, e às vezes comigo. Me dá vontade de chorar. Uma vez vi mamãe chorando na lavanderia quando ela não sabia que eu estava vendo. Mas eu sabia que ela estava chorando por sua causa. Por favor, pare de beber.

Com amor, Dirk."

Dirk fungou novamente e limpou o nariz na manga.

— Muito bem, Dirk. Obrigado — disse Josh. Papai começou a falar, mas Josh ergueu a mão e disse: — Gostaria que esperasse até que todas as cartas tenham sido lidas antes de falar. Está disposto a esperar?

Papai assentiu.

— Ótimo. Rif? Gostaria de ser o próximo?

— Nosso cachorro comeu minha carta — disse Rif, sorrindo, afetado.

Josh não reagiu. Em vez disso, voltou-se para mim e disse: — Libby? Está pronta?

Imediatamente, meu coração bombeou sangue para os ouvidos. O suor inundou a palma das mãos e eu me senti tonta.

— Tudo bem — disse Josh. — Respire fundo.

Respirei fundo, abri a carta com as mãos trêmulas, fixei nela o olhar e li.

"Querido pai:

Meu coração martela no peito enquanto escrevo esta carta. Agora que finalmente chegou a hora de lhe dizer como me sinto, estou nervosa. Não quero que você me odeie. Mas quero, sim, que você saiba como é ser a filha de um pai que desaparece aos pouquinhos a cada dia, bem diante dos seus olhos. É assustador. Um dia, será que você vai desaparecer para sempre? Tenho saudades do pai engraçado e inteligente que eu tinha. O Pai Bêbado é perverso. É constrangedor. Ele me deixa com raiva. É como se você preferisse arruinar nossas vidas a parar de beber, o que parece muito egoísta. E você me fez ter vergonha de você, quando eu pensava que tinha o pai mais legal do mundo. Como pôde fazer isso?

Lembra-se daquele acampamento que fizemos no Big Bear Lake? Você e mamãe alugaram uma van. Rif e eu jogávamos rouba-monte na traseira. Dirk era só um bebê, então dormiu o caminho todo. Eu fico pensando naquela primeira noite, em torno da fogueira, comendo marshmallow com chocolate e inventando histórias de fantasmas. Éramos todos nós. Juntos. Não era nada especial, mas acho que talvez aquela tenha sido a noite mais feliz da minha vida. Porque a nossa família era igual a todas as outras. Éramos normais.

Não sei se consigo explicar direito, mas o fato de você beber faz com que eu me sinta vazia. Da mesma forma como aquela noite no Big Bear Lake me fez sentir completa. Sua bebida faz com que eu me sinta perdida, como se não tivesse lugar neste mundo.

Principalmente, papai, sinto como se houvesse alguma coisa errada comigo. Alguma coisa faltando. Não sei o que é, ou se posso culpá-lo por eu me sentir tão... anormal. Talvez seja assim que os filhos se sintam quando os pais morrem. Porque é quase como se você tivesse morrido. O você verdadeiro. O pai que agora só existe na minha memória.

Com amor, Libby."

Apavorada demais para levantar os olhos, mantive-os fixos no chão. Esperei que Josh dissesse alguma coisa, mas ele também nada disse. Em vez disso, a voz de papai foi o primeiro som que ouvi.

— Eu sinto tanto, minha querida — ele disse, quase sussurrando. Josh não o interrompeu. — Você tem razão. Eu tenho sido egoísta. Eu sinto tanto, tanto.

— Obrigado, Libby — disse Josh. — E a você, Lot. Temos um longo caminho pela frente, mas demos um primeiro passo imenso.

Mamãe e Nana seguiram-se a mim. Ambas choraram o tempo todo enquanto liam, ambas disseram o quanto era difícil ver papai se destruir. Mas eu mal podia ouvi-las em meio ao ruidoso latejar do meu coração.

30

A MADRASTA DE BARBARA DECOROU A CASA TODA COM bichinhos de pelúcia. Eu juro, havia animais peludos em todos os cômodos. Exceto no quarto de Barbara.

— Ela não cai na besteira de pôr os pés aqui — disse Barbara. Uma placa na porta do seu quarto, pintada de roxo, dizia: CUIDADO: MATERIAIS PERIGOSOS AQUI DENTRO. Acho que isso de fato era verdade. Encontrei um biscoito Oreo debaixo da cama com pelos verdes crescendo nele.

Desde que eu tinha começado a terapia familiar, Barbara vivia cheia de perguntas.

"Você já chorou?"

"Seu pai chorou?"

"Só Josh parece com o Dr. Phil?"

Quanto a mim, eu só tinha uma pergunta:

— Por que Warren está me evitando?

Barbara grunhiu.

— Quem sabe?

— O que você acha?

— Por que não pergunta a ele?

— É, como se eu fosse perguntar a ele por que me deu um pé na bunda quando nem mesmo estávamos juntos!

Barbara suspirou.

— Quer um picolé de chocolate?

— Não.

Naquele momento, tomei uma decisão. Josh havia explicado que os membros da família de um alcoólatra com frequência andavam "pisando em ovos" em torno do dependente, tentando não balançar o barco. Eles bloqueiam os próprios sentimentos e se sentem isolados porque não querem encarar o que está acontecendo na realidade. Eu fizera isso centenas de vezes antes. Não mais.

Pondo-me de pé, marchei para a porta do quarto de Barbara.

— Eu quero respostas. Você está comigo?

— Aonde vamos? — perguntou Barbara, animada.

— Você vai ver. Venha comigo.

Marchamos através da velha ponte de ferro, sobre garrafas de cerveja quebradas, passando pelo Aquí, chegando quase ao pé das montanhas Calico. Andamos e andamos e andamos. Como era dezembro, o ar estava morno, em vez de quente. Mas o vento atirava areia em nosso rosto e dentro de nossos narizes. Quando chegamos, meus sapatos verdes de lona estavam brancos de poeira e meus pulmões cheios de terra.

— O velho drive-in? — perguntou Barbara.

— Rif me disse que é aqui que todos os garotos se encontram.

O Skyview Drive-In de Barstow era um terreno imenso e vazio, de terra batida, cercado por uma tela de aço. A grande tela de cinema ainda estava lá, assim como o velho Snack Shack, mas todos os alto-falantes já haviam sumido. Obviamente, ninguém via um filme ali havia anos. Barbara e eu entramos por um buraco na cerca. O barulho era ensurdecedor. Dava para ouvir motores roncando e garotos gritando: "Eu sou o próximo!" Uma espessa nuvem de poeira engolfava a ação no meio do terreno. Assim que ela baixou, avistei Rif.

— Acabou o tempo dele! — ele gritou. — Sou o próximo!

Barbara e eu paramos e observamos meu irmão entregar a um cara cinco dólares e subir de um pulo em um buggy. Ele acelerou o motor e arremessou-se para a frente, gritando:

— Uhuuuu!

Parecia incrivelmente perigoso e incrivelmente divertido. Rif dirigiu o buggy em um círculo, como se fosse um potro chucro corcoveando. As rodas levantavam tanta poeira que era difícil ver alguma coisa. Isso seria legal? Provavelmente não, pois o único adulto que havia ali era o cara pegando o dinheiro dos garotos.

— Um dólar o minuto — gritou o cara do dinheiro. — Mínimo de dois minutos.

Depois de cinco minutos, uma voz soou estridente no megafone e Rif desacelerou. À medida que a poeira voltava a se assentar no solo, esquadrinhei a multidão. Não levou muito tempo para que eu o visse. Os cabelos pretos estavam cinza de poeira, e a pele marrom parecia pálida. Ainda assim, meu coração deu um salto. Tentei com a minha mente fazer seus olhos escuros se voltarem e olharem para mim, mas Warrenville era o próximo da fila para andar no buggy. Ele pagou cinco dólares e pulou para o interior do veículo assim que Rif saltou.

Em vez de guiar em círculos, Warren acelerou o motor e seguiu direto para a cerca na extremidade mais distante. Entrei em pânico. Parecia que ele iria se chocar com ela. Mas desviou a tempo e adernou sobre uma imensa pilha de areia, voando e aterrissando nas quatro rodas. A multidão foi à loucura.

— Você viu aquilo? — perguntei a Barbara, excitada.

— Machão — implicou ela.

Assim que a poeira se assentou, os olhos de Warrenville e os meus se encontraram. Em pleno gesto de sacudir a poeira dos cabelos, ele me avistou, e meu coração acionou o batimento no ritmo *disco*. Barbara e eu éramos as únicas garotas no drive-in. Na verdade, ouvi alguém perguntar:

— Quem deixou que *elas* entrassem?

Mas eu não liguei. Estava lá por uma única razão.

— Posso falar com você um segundo? — perguntei, caminhando diretamente para Warren ainda que minhas pernas bamboleassem como tiras elásticas. Barbara esperava por mim perto do Snack Shack.

— Uuuuh. Warrenville foi apanhado!

— Mamãe quer que você vá para casa.

Os garotos na fila zombavam, mas eu não liguei.

— Só vai levar um segundo — eu disse.

Warren assentiu. Ele me levou até a cerca do lado oposto, longe do movimento, e perguntou:

— Sim...?

Ali estava ele, a centímetros do meu rosto, as sobrancelhas de lagarta erguidas, à espera. Meu coração martelava as costelas. Minha língua parecia um pedaço de papelão.

— Sabe aquela história de Papai Noel descendo pela chaminé? — perguntei. — É besteira. Tudo *inventado*! Um cara gordo daqueles nunca que poderia deslizar por uma chaminé. Por que as pessoas mentem? É isso que eu queria saber.

Warren sorriu suavemente. Ele se lembrou de sua conversa sobre Pocahontas.

— Eu estava me perguntando — falei, mordendo o lábio inferior — se está tudo bem. Não tenho te visto muito na escola.

Warren parou de sorrir, desviou os olhos.

— Sim — disse ele. — Está tudo bem. Estou por aí.

Esperei que ele dissesse algo mais, mas suas palavras seguintes me pareceram um furador de gelo enfiado em meu peito.

— Preciso ir. Meus amigos estão esperando.

Warren afastou-se e eu quase desabei no solo poeirento. Se Barbara não tivesse aparecido, eu provavelmente teria ficado lá, num montinho, até que o vento me soprasse dali.

Naquela noite, quando estava me preparando para ir para a cama, o telefone tocou. Atendi no terceiro toque.

— Alô?

— Aconteceu — gritou Nadine.

— Aconteceu o quê?

— Eu dei um beijo para valer!

Ah.

Como eu podia dizer à garota a quem eu costumava contar tudo que eu não queria ouvir sobre o momento mais feliz da vida dela? Como eu podia dizer a ela que estava chateada e confusa demais para me importar? Quando eu chegara em casa, tomara um banho e deixara a poeira do Skyview Drive-In descer pelo ralo. Eu mal podia esperar para me enfiar debaixo dos lençóis e puxar um cobertor sobre a minha vida.

— Que ótimo! E como foi? — perguntei, forçando minha voz a soar alegre.

— Impressionante! Incrível! Foi tudo que imaginamos que seria naquele dia no seu quintal. Meus joelhos amoleceram, meu coração martelava e eu pensei que fogos de artifício sairiam pelo alto da minha cabeça. Curtis beija muito bem. Muito dramático. Ele meio que me curvou para trás, como se estivéssemos em um filme antigo. Beijá-lo me deu a sensação de que o mundo todo estava pegando fogo!

— Uau. — Foi tudo que me ocorreu dizer. Então acrescentei: — Estou muito feliz por você, Nadine. — E estava. Pelo menos uma de nós conheceria o amor.

— Você também vai ter o seu beijo — disse ela. — Um dia. Você vai ver.

Em minha cabeça, eu achava que ela provavelmente tinha razão. Mas, em meu coração, um beijo para valer — o amor verdadeiro — parecia tão longínquo quanto o olhar distante nos olhos de Warrenville.

31

EM MEADOS DE DEZEMBRO, OS PROPRIETÁRIOS DAS LOJAS de Barstow haviam exposto sua gasta decoração de Natal e o tempo esfriara, chegando a confortáveis 15 graus. Todos os dias eu me levantava, me vestia, pegava o ônibus e ia para a escola. Quando não estávamos no Aquí, Barbara e eu passávamos o tempo na casa dela ou na minha. Rif limpava o grafite de Big Moe e Little Moe, mamãe fazia as unhas em seu horário de almoço, papai se recuperava em Victorville, Dirk jogava videogames e Nana preparava comida etíope com grão-de-bico.

— Poucas pessoas sabem que o feriado de Natal na Etiópia é celebrado no dia 7 de janeiro — contou ela. — Parte da tradicional refeição natalina é uma panqueca de massa levedada chamada *injera*, que funciona como um prato comestível!

As coisas tinham voltado ao normal nas casas móveis dos Madrigal — bem, até onde a vida pode ser normal quando seu pai esta em um tratamento de reabilitação e o garoto que você pensava que era "aquele" mal mexe a cabeça quando vê você na escola.

— Garotos são imbecis — repetia Barbara. Mas isso não fazia com que eu me sentisse melhor.

Os únicos momentos de luz naquele mês melancólico eram — acredite ou não — nossas sessões de terapia com Só Josh e papai. Eu aprendi muito.

— Ter um pai ou mãe alcoólatra é como ter um "bebê gigante" na família — disse Josh durante uma das sessões. — Em vez de ser maduro e responsável, e de tomar conta das crianças, como um pai eficiente, o bebê gigante cresceu mas ainda é imaturo. Ele requer muita atenção, como acontece com os bebês. Na verdade, ele se torna o centro das atenções. A família toda está sempre vigiando-o, atento a ele, protegendo-o.

Mamãe inclinou-se para a frente, ouvindo atentamente.

— Quando se tem um bebê gigante na família — prosseguiu Josh —, as crianças se veem forçadas a crescer antes de estarem de fato prontas. Em certo sentido, elas têm de agir como pai ou mãe do bebê gigante, porque ele não está à altura da tarefa de ser pai ou mãe para elas. Isso é muito assustador para a criança. Ela se sente insegura, o que cria nela uma tremenda ansiedade. Porque, vejam, a criança no fundo sabe que está mentindo, *fingindo* ser capaz de cuidar de tudo. Mas, naturalmente, ela não é capaz, não é mesmo? Afinal, é só uma criança. Isso parece familiar a vocês?

— Sim! — Rif e eu dissemos em uníssono. Dirk parecia assustado.

Em outro momento, Josh explicou como os membros da família podem ficar tão emaranhados na vida do alcoólatra que se esquecem de ter vida própria.

— É importante se desprender, com amor. Ninguém é responsável pelo comportamento de Lot, a não ser o próprio Lot. Vocês todos têm de viver a vida de vocês.

Nana assentiu e sorriu para mim.

Talvez porque estivéssemos todos ali prontos para ouvir, ou talvez porque ele estivesse pronto para falar, meu pai começou lentamente a se abrir.

— Exatamente como você, Libby — disse ele, a voz pouco mais do que um sussurro —, eu vi meu pai desaparecer. Ele vendia seguros em San Bernardino. Tínhamos uma casa, uma vida normal, nós três. Até que a bebida o venceu. Pouco antes de eu me formar na escola secundária, perdemos a casa. Meus pais se mudaram para o trailer de Nana, em Barstow. Naquela época, não era um lar de idosos agradável como agora. Era um depósito de lixo. Fiquei morando com a família de um amigo em San Bernardino até me formar. Eu tinha tanta vergonha do meu pai que dizia que ele havia conseguido um emprego como carteador em Las Vegas.

Correndo o olhar pela sala, percebi que meus irmãos tinham a mesma expressão que eu — de *avidez*. Nunca antes tínhamos ouvido nada disso. A simples menção de meu avô era tabu em nossa casa. *Psiu! Não fale.* Pela primeira vez em meus 14 anos, eu entendia por quê.

— Meu pai era o homem que eu mais queria *não* ser — contou papai — e aqui estou eu, exatamente como ele.

— É por isso que estamos aqui — observou Josh. — Para romper esse padrão.

295

Depois daquela sessão, papai pegou mamãe pela mão e a levou para o corredor onde ficava a sala de terapia. Meus irmãos e eu os seguimos até que Nana disse:

— Vamos deixá-los uns minutos sozinhos, está bem?

Assentimos e esperamos. Ainda assim, pude ouvir papai perguntar à mamãe:

— Por que você e as crianças se mantiveram a meu lado todos esses anos?

Mamãe não hesitou.

— Porque somos uma família — disse ela. — E é isso que as famílias fazem.

Naquele momento — pela primeira vez desde que me entendo por gente —, senti que eu realmente fazia parte da minha família. Nosso lugar era ao lado uns dos outros. Para o bem ou para o mal.

No último dia antes das férias de Natal, quando organizava o armário da escola, senti um tapinha no meu ombro.

— Espere um pouco, Barbara — pedi, sem me virar. — Já estou acabando.

— Libby.

A voz era masculina, familiar. Fiz meia-volta e lá estava ele.

— Oi — disse Warren.

Fiquei olhando para ele, o coração batendo surdamente, incapaz de pensar em algo para dizer.

— Eu estava sendo um imbecil — disse ele.

Cada vez mais sem palavras, eu me mantinha boquiaberta.

— Você pode vir comigo? — perguntou ele. — Quero mostrar uma coisa a você.

Assenti. A verdade era que, depois de tudo, eu ainda seguiria Warrenville aonde quer que ele fosse.

Deixamos o campus, descemos o morro e seguimos, atravessando a ponte de ferro.

— Os insetos respiram por minúsculos poros na barriga — comentou Warren quando cruzávamos o leito seco do rio.

— E as libélulas têm a melhor visão entre todos os insetos.

Sorri. Warren conhecia sempre tantos fatos curiosos.

— Você sabia que um homem comum tem até 25 mil pelos no rosto?

— Não, eu não sabia.

— Agora sabe — disse ele, sorrindo de volta.

Por fim, meu coração parou de bater acelerado, e um manto de calma me envolveu. Talvez eu tivesse passado por coisas demais para me sentir tensa ainda, ou talvez fosse por outro motivo. Alguma coisa em Warrenville que me deixasse relaxada. Deixei que ele me levasse aonde queria que eu fosse. Deixei a vida fluir.

Viramos à esquerda depois da Big Moe e subimos por uma estrada poeirenta. Não havia muitas casas por ali, só campos secos e uma vegetação baixa. Até que chegamos a uma clareira. Um pequeno arco de metal assinalava a entrada de um cemitério. O portão de ferro batido estava aberto. O lugar era minúsculo — em nada parecido com o Oakwood Cemitery, em Chatsworth — e antigo. Algumas das lápides haviam sido tão castigadas pelo vento que não dava para ler quem estava enterrado ali. Outras eram novinhas em folha. Warren pegou a minha mão. Uma onda de eletricidade percorreu todo o meu braço.

— Quero que você conheça minha mãe — disse ele.

Então me levou até uma pequena sepultura na extremidade mais distante do cemitério, na qual se lia: AQUI JAZ CECILIA VILLEGRANJA, AMADA ESPOSA E MÃE.

Apertando minha mão, Warren disse:

— Minha mãe foi morta por um motorista bêbado. Bem ali. — Ele apontou para a estrada.

Olhei para a estrada deserta e poeirenta. Quando me voltei para ele, Warren me encarava.

— Pirei com a história do seu pai. Eu sinto muito. Sei que não é culpa sua. Fico puto com motoristas bêbados. Como alguém pode dirigir depois de beber? Quando a mãe de alguém pode estar andando na rua, vindo do trabalho? Como alguém pode fazer isso?

— Eu não sei — respondi baixinho.

— Eu não devia ter me distanciado de você. Me desculpe. Fiquei meio louco.

— Está tudo bem, Warren. Eu também fiquei meio louca.

Curvando-se para espanar o pó das flores secas que decoravam o túmulo de sua mãe, Warren disse:

— Mamãe não gostava de flores frescas. Ela detestava ver as coisas morrerem.

32

O DESERTO ATRÁS DA CASA DE WARRENVILLE SE ESTENDE ATÉ O infinito. Ele mora no meio do nada, além dos arredores de Barstow. Levamos meia hora só para chegar lá. A casa dele é um monte de remendos de reboco e suportes de madeira.

— Toda semana um pedaço novo cai — disse ele. — Toda semana meu pai e eu remendamos. Papai a chama de nossa colcha de retalhos.

Pensei em nossa casa em Chatsworth e em *nosso* trailer em Barstow, na vergonha que eu tinha deles. Agora, olhando a casa pouco convencional e remendada de Warrenville, e seu óbvio amor por ela, senti o rosto queimar. Por que desperdicei tanto tempo me preocupando com o que as outras pessoas pensam? Quanta estupidez!

O sol ainda ia alto no céu quando Warren e eu dividimos um refrigerante no quintal dos fundos da casa.

— É tão morto por aqui — eu disse.

— Morto?

— O deserto, quero dizer — esclareci rapidamente.

— Garota, não tem *nada* morto num deserto. — Pondo-se de pé, Warren pegou minha mão e me levou um bom pedaço adentro do campo plano e de terra marrom além de sua casa. — Quando eu estava crescendo, minha mãe me mostrou toda a vida que há aqui. Aquilo lá é um heliotrópio, aquele outro um *linanthus* amarelo.

Ele apontava flores silvestres que brotavam do solo seco do deserto.

— Aquela é uma prímula noturna. — Ele chutou uma pedra, mandando-a para o vazio. Um arbusto baixo e seco farfalhou. — Se ficássemos aqui em silêncio e imóveis até a noite, poderíamos ver o deserto despertar diante dos nossos olhos. Coiotes, corujas, iguanas, marmotas, lebres, cascavéis...

Estremeci.

— Talvez devêssemos voltar.

— Por quê?

— Odeio cobras.

— Como você pode odiar cobras? É o mesmo que dizer que odeia a natureza. Sem cobras, a coruja talvez morresse de fome, o deserto ficaria infestado de ratos. As cobras são tão bonitas quanto os morcegos, os escorpiões, as...

Ele prosseguiu. Eu simplesmente olhava para ele, sorrindo por dentro. Na verdade, não havia nada tão bonito quanto ele. As bochechas dele estavam em fogo à luz do sol, os olhos negros ainda mais negros e mais intensos contra o céu azul-violáceo do deserto.

— ... tão bonitas quanto os abutres e as tarântulas... — Warren continuava sua lista. Eu ansiava por tocar o seu rosto, seu cabelo. Queria meter minha mão debaixo da manga do casaco dele e traçar com meu dedo a linha da tatuagem.

— ... quanto um asno selvagem — seguia Warren. — Tão bonitas quanto as viúvas-negras, quanto um peixe...

— Ei, espere um pouco — interrompi. — Não existe nenhum peixe no deserto.

— É o que você pensa — disse ele. — Existem peixinhos que vivem em fontes quentes de água mineral por todo o deserto. Como eu já disse, tem vida e beleza em toda parte. Você só precisa saber onde olhar.

Eu sabia exatamente onde olhar. Diretamente nos olhos de Warrenville.

— Tem razão — falei em tom suave, minha voz repentinamente enterrada fundo no peito.

— Eu sei — disse ele, igualmente suave, olhando para mim.

De repente, Warren deu um passo em minha direção e buscou minha mão. Ele a levou até seu peito, segurando-a de encontro às batidas de seu coração.

— Esta é a minha vida — sussurrou ele. Meu coração também martelava.

Fiquei absolutamente imóvel. Temia respirar, temia me mexer. O ritmo de nossos corações parecia sacudir a Terra toda. Subitamente, o rosto de Warren estava de encontro ao meu, e seus lábios estavam sobre os meus. Tinham uma textura aveludada. Ele cheirava a coentro fresco; cheirava à primavera. Pressionei os lábios com força contra os dele e ele os abriu, envolveu-me com um braço, espalmou a minha mão de encontro ao seu coração disparado. Beijamo-nos. Eu me dissolvi em seu corpo. Nosso beijo durou uma vida. Eu podia ouvir a palpitação da vida no deserto despertar à minha volta. Ou seria eu? Seria a *minha* vida despertando à minha volta?

Tudo que eu sabia era que Nadine estava errada. Não era nada igual à nossa fantasia naquele dia nas boias, em meu quintal de Chatsworth. Meus joelhos não estavam bambos; eu não estava em vias de desmaiar. Não estava prestes a explodir. Esse beijo tinha a sensação do *cashmere*. Meu corpo parecia leve, como se flutuasse. Esse beijo era tão profundo quanto o centro do Atlântico, tão amplo quanto o Pacífico. Era um abrigo na tempestade, uma brisa fresca no deserto, uma fogueira na neve. Esse beijo era seguro e excitante ao mesmo tempo. Era calda de caramelo quente derretendo sobre sorvete de baunilha; era um travesseiro de penas de ganso. Esse beijo — finalmente meu beijo para valer — me dava a sensação de chegar, pertencer, ser amada, amar.

— Você — sussurrou Warren.

Ele não disse mais nada. Não precisava. Ele simplesmente me beijou de novo. E era como voltar para casa. Quanto a isso, eu estava certa. Um beijo para valer é como voltar para casa. Abrir as cortinas e deixar a luz entrar.

É completo. É o começo. É o fim do vazio.

É o amor. O grande e supremo.

É a vida, em um deserto, se você souber onde olhar.